この本を読む前に

Muggle's Guide?

本書は、『ハリー・ポッター』シリーズを題材にして、文化研究や文学研究の基礎を学ぶことを目的としている。読者の皆さんが持っている『ハリー・ポッター』に関する知識や興味を、大学で学ぶ文化研究や文学研究などの学問と結びつけたらこうなる、といういわば見取り図である。

　これは「見取り図」であって、論文集ではない。もとより完璧なものではないし、やや「こじつけ」に近い章もあるが、原作ファンや映画からこのシリーズを知った人たちに楽しんでもらえればいいと思っている。それでも、大学で『ハリー・ポッター』を題材に卒論やレポートを書こうと思っている人には参考になるかもしれない。『ハリー・ポッター』以外あまり海外の文学を読まなかった人も、本書で（意図的に多く）触れられている他の著作を読むことで知見を広げられるかもしれない。

　ということで、論文の体裁は取っているが、気軽に読んでほしい。

　『ハリー・ポッター』はとても興味深い作品であり、そのブームは興味深い現象だ。作品にはその生まれた背景が——時には著者も意識しない方法で——反映されているかもしれない。作品を調べてみれば、イギリス文化について多くのことがわかるだろう。また、現代イギリスの物の考え方や知的風土についてもわかるかもしれない。さらに言えば、積極的にある立場から（誤解することを恐れずに）読んでみることで、何か新しい解釈が生まれるかもしれない。現代では、一昔前なら「誤解」と呼ばれていたような「読み」も、認められつつある。

　『ハリー・ポッター』は確かに「イギリス的」だ。寄宿制学校を舞台にした魔法使いの物語であるが、イギリスと言えば寄宿制の名門私立学校が有名で、常識を重んじるくせに魔法のような「非常識」が好きなことでも知られるから、これだけでも充分イギリス的だと言える。しかも、『ハリー・ポッターと賢者の石』（1997年）の冒頭で描かれるのは、万人が後に知る我らがヒーロー、ハリー・ポッターではなく、イギリスのミドルクラスのステレオタイプとも言えるダーズリー家の人々である。彼らは常識を重んじ、上昇志向が強く、弱い者いじめをし、肥大した物欲を持つ。これは、ヴィ

クトリア朝から20世紀初頭までのイギリス文学作品に描かれてきた典型的なプチブル、ロウワー・ミドルクラスの戯画である。『ハリー・ポッター』を学ぶことで、背景となっているイギリス文化の様々な事象といった表面的なものだけでなく、「分不相応の上昇志向を嘲笑する」といったイギリス的な物の考え方まで見えてくる。

　これは原作だけの話ではない。映画作品を「読む」ことで見えてくることもある。

　たとえば、『ハリー・ポッター』における理想の女性像、あるいは女性にとっての役割の見本(ロール・モデル)を考えてみよう。

　『ハリー・ポッター』の女性登場人物で一番に思いつくのはハーマイオニー・グレンジャーだろう。ハリーの友となり、最終的にハリーの親友ロン・ウィーズリーと結ばれるという意味で、とても重要な役割を果たしている。日本でも人気のあるキャラクターであろう。ところが、原作では、勉強がよくできても「出っ歯」で「ぼさぼさ頭」で、特に美人とは言えない風貌だとされている。『ハリー・ポッターと炎のゴブレット』（2000年、映画化2005年）の舞踏会で、彼女は自分に魔法をかけて「出っ歯」を見えなくし、「ぼさぼさ頭」を美しいストレートにしたため、ハリーは「顎がはずれるほど」驚く（GF 360）。しかし、映画で彼女を演じるエマ・ワトソンにその必要はない。ハリーは驚いて見せるが、観客にとっては、ドレスを着ている以外はふだん通りのハーマイオニーなのだ。後に触れるように、ハーマイオニーは決して階級が高くないのだが、エマ・ワトソンは上品なアクセントで演じきる。つまり、普通のルックスで庶民的な女の子であったハーマイオニーが、いつのまにかお上品な美人にすり替わってしまったのだ。ここで、ヒロインたるもの美人でなければならないという、男性中心的な価値観がこのハーマイオニーの「変身」に影響を与えているのではないか、という仮説を立てることができる。

　余談だが、原作が生まれたイギリスでも、ハーマイオニーは「エマ・ワトソン化」している。たとえば、初期のパロディ番組『ハリー・ポッターとアゼルバイジャンの秘密のおまる』（2003年）は、イギリスのチャリティ団体コミック・リリーフの協賛を受けてイギリスで制作され、BBCで放送

『ハリー・ポッターとアゼルバイジャンの秘密のおまる』

された、純正イギリス産である。そこでハーマイオニーを演じるミランダ・リチャードソンは、インタビューを含めて完全にエマ・ワトソンをパロディしている。「ハーマイオニーは私なんかとは全然違うの」というインタビューの発言までがエマ・ワトソンのコピーであり、ここで笑うためには「本当に原作とは違う」といった知識を差し挟んでは楽しめないのだ。つまり、このことは、多くの人にとって、ハーマイオニーと似ていないはずのエマ・ワトソンが「原作のハーマイオニーよりもハーマイオニー的」になっていることを示している。この「エマ・ワトソン化」現象は、フェミニズムの考え方が普及した現代でも、女性に美を求める男性中心的な価値観がいかに強いかを物語っているのかもしれない。中年になったとはいえ美しいリチャードソンがハーマイオニーを演じ、ハリーとロンをかなりぽっちゃりした個性的な風貌の中年女優——イギリスではおなじみのコミカルな女優ドーン・フレンチとジェニファー・ソーンダーズ——が演じていることからも、ハーマイオニーにルックスを求めるという「エマ・ワトソン化」の余波が見え隠れする。(ちなみに、ゴールデン・グローブを二度も受賞した大女優がこんなパロディに登場するのもさることながら、この番組の放送後に、リチャードソンは実際の『ハリー・ポッター』シリーズに新聞記者リータ・スキーター役で出演する。こういう粋な計らいもファンにはたまらない。)

本書では、『ハリー・ポッター』を以下のテーマで「分析」してみる。これで充分というわけではないが、授業の中で学生も私も興味を持続できたテーマだからだ。7つにしたのは、もちろん『ハリー・ポッター』が(イギリスの中等学校の1学年が1巻に相当するよう作られているため)7巻あるからだ。

(1) 宗教
(2) 性・ジェンダー
(3) 階級
(4) 病気
(5) 植民地主義
(6) 原作と映画化
(7) 英語

　最後は英語の学習ということで、他とは少し異なるかもしれない。しかし、『ハリー・ポッター』は大学生でも結構勉強になるのだ。原作が低い年齢層をターゲットにしているため、英語自体はとても平易な『ナルニア国ものがたり』（1950～56年）と違い、『ハリー・ポッター』は原作も映画も回を追うごとに難しくなるし、特に語彙という面からは、よほど英語が得意な人でない限り高校生では歯が立たないかもしれない。それに、原作を「読む」ということ——これがとても創造的で豊かな経験であることを、少しでも多くの人にわかってほしいと願うが——だけが英語学習ではない。様々なタイプの英語学習に活用できること、そしてそれが原作や映画の理解を深めることにも気づいてほしいと考えている。

　なお、本書では『ハリー・ポッター』を含め、欧文の文献資料の引用については邦訳がある場合にも原則的に原文に当たり、拙訳を用いている。ただし、『ハリー・ポッター』に登場する人名と魔法用語の表記に関しては、混乱を避けるため、静山社版の既訳に従った。また、聖書に関しても、広い世代になじみがあると思われる新共同訳を用いた。

なお、本書では、『ハリー・ポッター』シリーズからの引用に際し、以下の略号を用いる。

略号	正式タイトル
PS	*Harry Potter and the Philosopher's Stone* (London: Bloomsbury, 1997)　＊邦題『ハリー・ポッターと賢者の石』
CS	*Harry Potter and the Chamber of Secrets* (London: Bloomsbury, 1998)　＊邦題『ハリー・ポッターと秘密の部屋』
PA	*Harry Potter and the Prisoner of Azkaban* (London: Bloomsbury, 1999)　＊邦題『ハリー・ポッターとアズカバンの囚人』
GF	*Harry Potter and the Goblet of Fire* (London: Bloomsbury, 2000)　＊邦題『ハリー・ポッターと炎のゴブレット』
OP	*Harry Potter and the Order of the Phoenix* (London: Bloomsbury, 2003)　＊邦題『ハリー・ポッターと不死鳥の騎士団』
HP	*Harry Potter and the Half-Blood Prince* (London: Bloomsbury, 2005)　＊邦題『ハリー・ポッターと謎のプリンス』
DH	*Harry Potter and the Deathly Hallows* (London: Bloomsbury, 2007)　＊邦題『ハリー・ポッターと死の秘宝』

＊登場人物表をvii～xiiページ、主要登場人物相関図をxiv～xvページ、年表を167～170ページに掲げているので、適宜参照いただきたい。

登場人物	
ハリー・ポッター	主人公。黒髪、母親譲りの緑の目、額に稲妻形の傷がある「生き残った男の子」。ヴォルデモートに両親が殺されたため、母方の親類（マグル）の家で暮らす。PSでは11歳。
ロン・ウィーズリー	燃えるような赤毛、そばかすで長細い。ハリーの親友。純血の家柄で7人兄弟の六男。日用品がお下がりばかりなのを気にする。チェスが強い。守護霊はテリア。
ハーマイオニー・グレンジャー	マグル出身の魔女で、学年一の秀才。栗色ウェーブの長髪、前歯が大きい。本の虫で論理的思考の持ち主。完璧主義。両親は歯医者。守護霊はカワウソ。
ネビル・ロングボトム	ハリーのルームメイト。丸顔。何をしても上手くいかないが、巻を追う毎に成長する。また、7巻の最後ではホグワーツの教師に就いている。純血の魔法使い。
ルーナ・ラブグッド	腰まであるダーク・ブロンドに銀の瞳。ハッフルパフ生でハリーより1学年下。ジニーの友人。「変人」扱いされている。空想好きだが、同時に鋭い観察眼を持つ。
チョウ・チャン	艶やかな黒髪の東洋系美少女。ハリーの初恋の相手で、レイブンクロー所属。ハリーよりひとつ年上。
ジニー・ウィーズリー	ウィーズリー家の末子、ロンの妹。美人でモテる（らしい）。ハリーよりもひとつ年下。ハリーに好意を寄せていて、1巻の頃はまともに話せなかった。

フレッド・ウィーズリー	ロンの双子の兄の片方。赤毛、そばかす。いたずら好き。口数が多くて冗談も多く、軟派。退学後、ジョージと悪戯専門店WWW（ウィーズリー・ウィザード・ウィーズ）を開店。
ジョージ・ウィーズリー	ロンの双子の兄の片方。見た目は瓜二つだが、フレッドと比べて冷静で現実的。クィディッチでは双子揃ってビーターを務める。
パーシー・ウィーズリー	ウィーズリー家の三男。在学中は監督生、卒業後は魔法省へ入るなど成績優秀。その反面、頭が堅いことで弟たちに揶揄される。
アーサー・ウィーズリー	ロンの父親。マグルに関心が深く、魔法省のマグル製品不正使用取締局に勤めながら、自身も不正使用まがいのことをするような、悪戯好きな人物。
ドラコ・マルフォイ	金髪、純血。ハリーの同級生で、スリザリン所属。ハリーを何かとライバル視する。家の影響で純血主義者であり、ヴォルデモートの傘下。父・ルシウスは死喰い人。
クラッブとゴイル	ドラコに付き従う、スリザリン生。ハリーの同級生。図体がでかく、頭は悪い。
アルバス・ダンブルドア	ホグワーツの校長。白く長い髭と髪で、半月型の眼鏡をかけている。好物はレモン・キャンディー。
ミネルバ・マクゴナガル	ホグワーツ副校長、兼変身術の教師。自身はよく猫に変身する。ダンブルドアの死後は校長を務める。

セブルス・スネイプ	魔法薬学の教師。土気色の肌、鉤鼻で黒髪。ハリーを嫌悪するが、これは学生時代のジェームズとの関係による。二重スパイをしていた。リリーが好きだったことが物語後半で判明。守護霊は牝鹿。
ホラス・スラッグホーン	6巻から魔法薬学を教えるスリザリン寮監。優秀な生徒を集めた会を開くのが好きで、ハリーもその中に入る。ハリーの両親の世代にも教師をしていたらしい。
シビル・トレローニー	占い学の教師。ビン底眼鏡。部屋にこもりきりであるなど常識を逸した人物。その予言の的中率はかなり低い(らしい)。
ルビウス・ハグリッド	闇の森の番人。もしゃもしゃとした毛と髭を持つ大柄な人物。幼いハリーをダーズリー家まで運んだ。3巻からは魔法生物飼育学の教師に就く。
クィリナス・クィレル	1巻において闇の魔術に対する防衛術の教師をしていた。ターバンを巻いている。ヴォルデモートの部下として、賢者の石を奪おうとしていた。
ほとんど首無しニック	グリフィンドール寮憑きのゴースト。本名はニコラス・ド・ミムジー・ポーピントン卿。晩餐の席などで、寮生と話すのが好き。
ヴォルデモート卿	本名トム・マールヴォロ・リドル。「例のあの人」と呼ばれる最悪の闇の魔法使い。「ヴォルデモート卿」の名は本名のアナグラム。パーセルタング。スリザリンの末裔。混血。

ベラトリックス・レストレンジ	ヴォルデモートの忠誠なる手下と自負する女性。残忍。シリウスの従姉で、ドラコの母親ナルシッサとニンファードラの母アンドロメダ・トンクスとは姉妹にあたる。
フェンリール・グレイバック	狼人間であり、死喰い人（ヴォルデモート卿の思想に共鳴し、忠誠を誓った闇の魔法使い）。もつれた灰色の髪、口髭。大柄で手足が長い。幼少期のルーピンを噛んで狼人間にした張本人。狼でないときも人間を殺すほど獰猛。
マールヴォロ・ゴーント	ヴォルデモートの祖父。サラザール・スリザリンの末裔という高貴な家柄であるが、経済的には破滅した生活を送る。純血。
メローピー・ゴーント	ヴォルデモートの母親。マグルであるトム・リドルを媚薬で誘惑し、ヴォルデモートを授かった。媚薬を与えることを拒み、トムに捨てられる。お産時に死去。
ジェームズ・ポッター	ハリーの父親。学生時代は我侭で高慢。シリウスと共にスネイプを苛めていた。ルーピンと満月の夜にホグワーツを抜け出すために作ったのが「忍びの地図」。アニメーガスと守護霊はともに牡鹿（愛称はプロングス）。
リリー・ポッター（旧姓　エバンズ）	ハリーの母親。赤ん坊だったハリーを守りながら死んだ。マグル出身の魔女であり、スネイプと仲がよかったことが6巻で明かされる。

シリウス・ブラック	健康ならばハンサムらしい。ジェームズの親友であり、ハリーの名付け親。ポッター夫妻を殺したとしてアズカバンに捕えられていたが、実は無実。「忍びの地図」製作者の一人。アニメーガスは黒い犬（愛称はパッドフット）。
リーマス・J・ルーピン	3巻で闇の魔術に対する防衛術の教師としてホグワーツへ。みすぼらしい身なりで白髪交じりの茶髪。ジェームズとシリウスとは旧知の仲で「忍びの地図」の製作者。狼人間。後にニンファードラ・トンクスと結婚、息子テディを授かる。学生時代の愛称は「ムーニー」。
ピーター・ペティグリュー	学生時代、主にシリウスの「腰巾着」だった同級生。ねずみに似た容姿。卒業後ヴォルデモートを崇拝し、ポッター夫妻を死に追いやる。ロンのネズミ（スキャバーズ）として生活していた。学生時代の愛称は「ワームテール」。
コーネリウス・ファッジ	物語開始時点での魔法大臣。後に失脚し退位。
キングスリー・シャックルボルト	ファッジから三代後の魔法大臣。黒人。闇祓い。
ドローレス・アンブリッジ	ガマガエル顔。魔法省から派遣された教師。闇の魔術に対する防衛術を教える。まったく魔法の実践をさせない上に傲慢。
リータ・スキーター	新聞のフリーライター。人を中傷するような記事を書くことを生きがいとする、醜悪な人物。

ドビー	マルフォイ家の屋敷しもべ妖精。2巻においてハリーに自由をもらい、それからは何かとハリーを手助けしている。マルフォイ家を出た後はホグワーツで働いている。
バックビーク	ハグリッドの飼っている魔法生物ヒッポグリフ（身体の前半身が鷲、後半身が馬という生物）の名前。非常に誇り高い生物。
アバフォース・ダンブルドア	ダンブルドア校長の弟。かつては妹の死によってアルバスと仲違いしていたが、和解して不死鳥の騎士団の一員となっている。
アリアナ・ダンブルドア	ダンブルドア校長の妹。魔法が正しく使えない。グリンデルバルトによって死に追いやられる。
ゲラート・グリンデルバルト	ダンブルドアの旧友であり、敬愛の対象だった人物。後に闇の魔法使いと判明し、ダンブルドアと対立した。そして敗北し、死去。
吸魂鬼	人間の幸福な記憶などを吸い取り、情緒を失わせる生物で、アズカバンの看守を務める。

The Frontispiece Gallery of Each Chapter

この本を読む前に xiii

ハリー・ポッター主要登場人物相関図

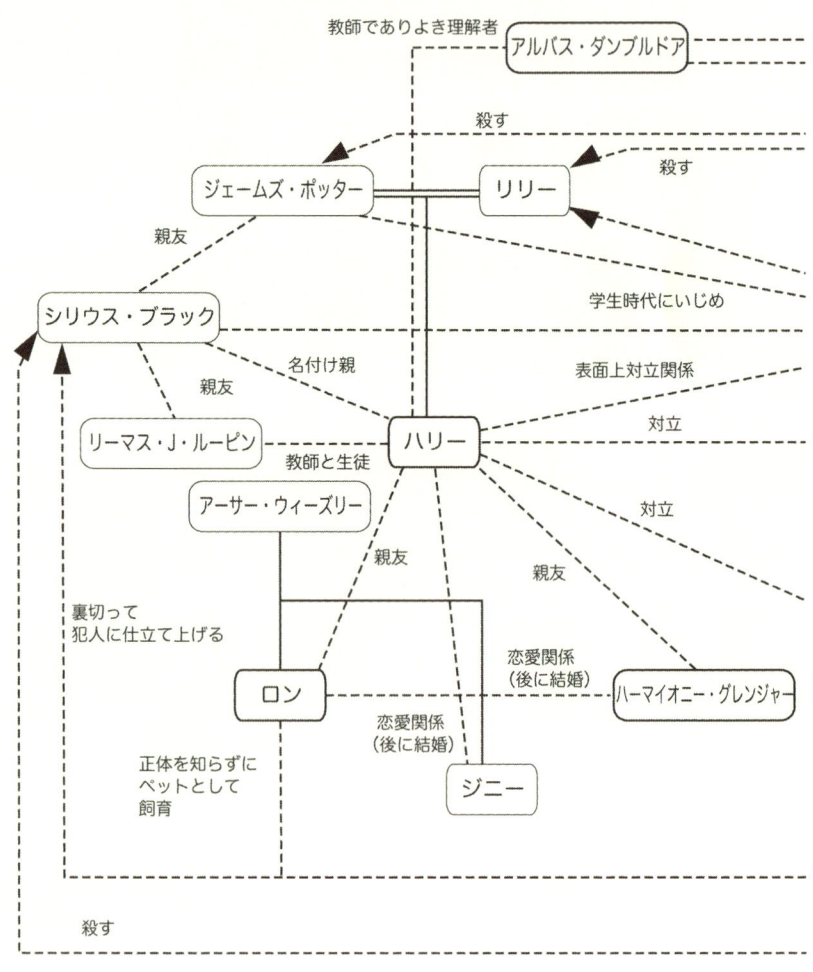

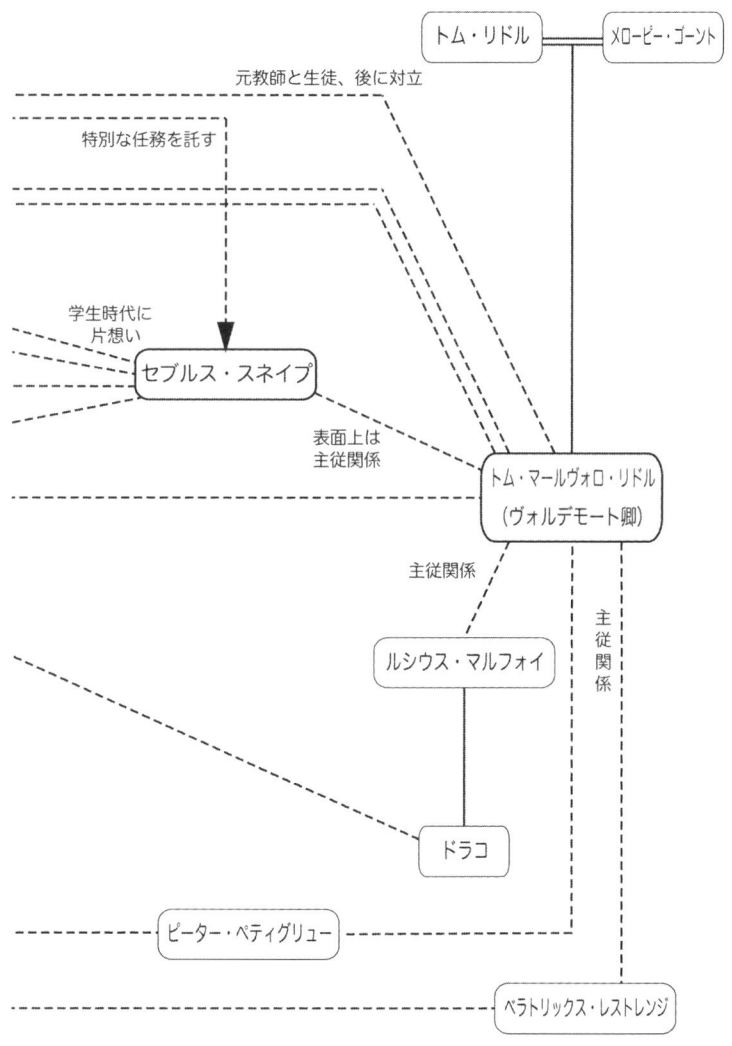

ハリー・ポッター主要登場人物相関図

目　次

この本を読む前に　i

ハリー・ポッター主要登場人物相関図　xiv

第1章　ハリー・ポッターと反キリスト教論争　1
　■『ハリー・ポッター』は「悪魔の書」？　2
　■キリスト教と魔法　4
　■記号としての魔法　7
　■賢者の石の問題　11
　■「より深い魔法」　16
　■魔法使いの道徳　20

第2章　ハリー・ポッターとゲイの校長先生　25
　■ダンブルドアはゲイである　26
　■フェミニストから嫌われるハリー・ポッター　29
　■ハーマイオニーと白雪姫の王妃　36
　■ハリー・ポッターは意外にマッチョ　42
　■ハリー・ポッターと「ホモソーシャル」　46

第3章　ハリー・ポッターとヴォルデモートの階級　53
　■ハリー・ポッターと階級　54
　■イギリスの階級　57
　■ヴォルデモートの階級コンプレックス　62
　■マグルと魔法界の階級　66
　■メローピーの決断　70

第4章　ハリー・ポッターとルーピン先生の病気　75
　■隠喩としての狼男　76
　■狼男という病　78
　■性病としての狼人症　84
　■「内なる狂気」としての狼人症　88
　■魔法界の「健康信仰」　92

第5章　ハリー・ポッターと帝国　97
　■ホグワーツ卒業生の進路　98
　■エキゾチックなヴォルデモート　104
　■多文化主義的なホグワーツ　108
　■多文化主義のほころび？　112
　■グロープはなぜ森に住むのか？　115

第6章　ハリー・ポッターと映画監督の陰謀　121
　■バックビークの「処刑」　122
　■登場しないリリー・ポッター　127
　■ホグワーツの振り子　138

第7章　ハリー・ポッターと英語の教室　145
　■『ハリー・ポッター』と英語　146
　■『ハリー・ポッター』を演じる──初級編　148
　■『ハリー・ポッター』を演じる──上級編　156
　■『ハリー・ポッター』を書く　159
　■『ハリー・ポッター』を語る　163

『ハリー・ポッター』年表　167
参考文献　171
索引　174
あとがき　183

装画・挿絵　板倉厳一郎

第1章 ハリー・ポッターと反キリスト教論争

■『ハリー・ポッター』は「悪魔の書」？

　「アメリカで、『ハリー・ポッター』を邪悪だからという理由で学校の図書館から排除しようという動きがある」などと言えば、あまり信じてもらえないかもしれない。映画公開前の1999年10月14日付のイギリスの一般紙『インディペンデント』に「米保護者、有害図書ハリー・ポッターの追放を要求」という記事があるが、実際にこうした動きは特にアメリカで断続的に見られる。福音派のキリスト教徒やキリスト教原理主義者には、『ハリー・ポッター』が「反キリスト教的」だという考え方があるからだ。
　1999年から2003年の間、米国図書館協会には毎年推薦図書や開架図書からの排除、閲覧制限を求める動きが多数あり、その件数は125件にのぼったと言う（Bald 125-26）。
　それも、特殊な圧力団体だけではないのだ。
　1999年ミシガン州ジーランド校区の教育長ゲイリー・L・フィーンストラは『ハリー・ポッターと賢者の石』の教室での使用を禁止し、児童の閲覧には保護者の許可が必要とし、公立小学校図書館による購入を禁止するという命令を出した。生徒や保護者、教師や書店主たちが協力し、「ハリー・ポッターを支持するマグルの会」を結成する。ご存じのように、『ハリー・ポッター』シリーズで「マグル」とは魔法を使わない人々のことを指す言葉。これに教育委員会も無視はできなくなり、教育長の命令の是非をめぐる小委員会を設置、最終的に禁止令の廃止を勧告する。2000年5月にフィーンストラはこれを認め、幼稚園から小学5年生までの教室使用を制限する、というものに留めた。
　アーカンソー州シーダーヴィル校区では、保護者から「『よい魔女』や『よい魔術』があるかのように描かれている」などの苦情があったという理由で、保護者の許可なく閲覧のできない有害図書となっていた。2002年7月に生徒と両親が裁判所に教育委員会を提訴する。アーカンソー州フォートスミス地方裁判所判事ジム・L・ヘンドレンは、「『ハリー・ポッター』が学校教育の規律ある運営を乱すことは証明できない」と判断し、2003年

4月、教育委員会に、生徒に『ハリー・ポッター』への無制限のアクセスを許可するよう命令を下す。

その後ジョージア州でも2007年に同様の訴訟が起こる。保護者のひとりが『ハリー・ポッター』シリーズはウィッカ（英語witchのもとになった古代宗教で、近代になって近代宗教としてととのえられる）を宣伝しているとしたうえで、「キリスト教よりウィッカを重んじる」ことが「教育上不適切であるばかりか、一定数の児童にとって有害であることが証明されている」として図書館から追放するよう訴えたのだ。高等裁判所は上告を棄却、『ハリー・ポッター』は図書館に残ることになる（Stephens 15）。

アーカンソー州のケースでは、教育委員会のメンバーに聖職者がおり、もともと『ハリー・ポッター』を非難する説教をしていたことも話題になった。だが、もっと露骨な例は焚書である。要するに、本を燃やすのだ。ペンシルヴェニア州のジョージ・ベンダーによって2001年に始められた『ハリー・ポッター』の焚書は、その後も各地で続けられているという報告もある（Stephens 15-16）。

言っておくが、どこか日本から遠くにある、宗教的に非寛容な小国のことを言っているのではない。日本で知られていないカルト宗教の話をしているわけでもない。現代のアメリカにいるキリスト教徒の話をしているのだ。しかも、連続殺人犯の手記を出版すべきかどうかという話ではなく、（少なくとも私のような非キリスト教徒には「他愛もない」と思える）児童文学『ハリー・ポッター』の話をしているのだ。

とりわけアメリカでの動きが有名だが、『ハリー・ポッター』の「反キリスト教騒動」はアメリカに限られた話ではない。たとえば、2005年には敬虔なカトリック信徒でも知られるドイツの社会学者ガブリエル・クービーが『ハリー・ポッター──善か悪か？』を世に出す。ここで、ヨーゼフ・ラツィンガーがローマ教皇ベネディクト16世になる前、主席枢機卿だった2003年に『ハリー・ポッター』を批判していたことが明らかにされ、物議をかもした。ラツィンガーことベネディクト16世は、様々な局面で「問題発言」と思われる発言を繰り返していることで知られる。しかし、このときばかりは教皇は慌てて過去の発言を撤回し、ローマ・カトリック教会と

して『ハリー・ポッター』を非難することはないと声明を出すに至った（Bald 128）。

とはいえ、『ハリー・ポッター』がベストセラーであることは周知の事実。『ハリー・ポッター』の母国イギリスでは国民の大多数がキリスト教徒であるから、多くのキリスト教徒はアメリカの判事と同様に、『ハリー・ポッター』が「反キリスト教的」だと考えていないことも事実なのだろう。ハリー・ポッターが「反キリスト教的ではない」あるいは「キリスト教的だ」と反論する人も多い。

しかし、それにしてもなぜこんな騒ぎが起こるのだろうか？

ここでは、『ハリー・ポッター』の「反キリスト教疑惑」について、「『ハリー・ポッター』は無罪だ」という立場から検証してみよう。まず、「反キリスト教疑惑」を唱える側の立場を整理する。次いでなぜその批判が当たらないのかを考え、最後に『ハリー・ポッター』は実は結構キリスト教的だ」という解釈を示したいと思う。その一方で、日本では議論にもならないことが、本当は奥の深い問題をはらんでいることも理解してもらえればと思う。

■キリスト教と魔法

『ハリー・ポッター』を「反キリスト教的」とする基本的な考え方を整理しておこう。

キリスト教では、神のみが超自然的な「魔法（魔術）」をおこなうことができるとされる。ユダヤ教やイスラム教と同じく、キリスト教は一神教であり、神は一人しかいないのだから当然の立場だ。イエスや聖人や十二使徒が奇跡を起こすのは神の代理でおこなっているに過ぎない。したがって、神以外の者が神の意志と関係なく魔術をおこなうことは神への挑戦に他ならず、反キリスト教的で邪悪なこととなる。旧約聖書の申命記18章には、魔術は「主と共にあって全き者」（13節）となるために妨げとなると明記されており、追放されるべき者として魔術師が挙げられている。

> あなたの間に、自分の息子、娘に火の中を通らせる者、占い師、卜者、易者、呪術師、呪文を唱える者、口寄せ、霊媒、死者に伺いを立てる者などがいてはならない。これらのことを行う者をすべて、主はいとわれる。これらのいとうべき行いのゆえに、あなたの神、主は彼らをあなたの前から追い払われるであろう。（申命記18章10-12節）

よく「白魔術」と「黒魔術」という言葉を聞くことがあるが、申命記を文字通りに解釈すると、魔術を使ったり、魔術師を信じたりする時点でアウトだから、「白魔術」もへったくりもない。新約聖書ヨハネの黙示録21章でも、魔術師は不信仰者とともに「火と硫黄の燃える池」に沈められる。

> また、わたしに言われた。「事は成就した。わたしはアルファであり、オメガである。初めであり、終わりである。渇いている者には、命の水の泉から価なしに飲ませよう。勝利を得る者は、これらのものを受け継ぐ。わたしはその者の神になり、その者はわたしの子となる。しかし、おくびょうな者、不信仰な者、忌まわしい者、人を殺す者、みだらな行いをする者、魔術を使う者、偶像を拝む者、すべてうそを言う者、このような者たちに対する報いは、火と硫黄の燃える池である。それが、第二の死である」（ヨハネの黙示録21章6-8節）

魔術は、その目的が何であれ邪悪であり、魔術を信じることも神の声に耳を傾けなくなることだから邪悪だ。これがキリスト教の立場である。

このような厳密な聖書解釈の立場からは、『ハリー・ポッター』はまったく受け入れがたい。神の秘蹟（サクラメント）を証明するために書かれたのなら多少魔法っぽいものがあってもいいのだけれども、魔法学校で魔法を習ってその力で別の魔法使いをやっつける物語

『ハリー・ポッターと聖書』

など邪悪きわまりない、というわけだ。

この立場を表明したのが、リチャード・アバーニスの『ハリー・ポッターと聖書』（2001年）であろう。アメリカの歌手・俳優にしてベストセラー作家でもあるアバーニスには、オカルトや宗教問題に著述が多く、この著作もセンセーショナルな話題になることを意図して書かれた感がある。『ナルニア国ものがたり』（1950〜56年）と『指輪物語』（1954〜55年）を手放しで絶賛する一方、たくさんの理由を挙げて『ハリー・ポッター』を糾弾する。その中には、キリスト教とはほぼ関係のない主張もある。たとえば、ハリーをいじめるダドリー・ダーズリーが肥満であることが強調されているため、この小説は肥満児に対する偏見を助長する、などという批判だ。内容にやや杜撰なところがあっても、この著作はすぐさま聖職者や世俗的な読者の双方から強い反響を巻き起こし、ベストセラーとなった。

アバーニスほど極端ではなくても、『ハリー・ポッター』が「邪悪」で「反キリスト教的」であることを前提にした著述は確かにある。コニー・ニールの『キリスト教徒はハリー・ポッターにどう接すればよいのか？』（2001年）もその一つだ。著者が『ハリー・ポッター』の読者であると告白

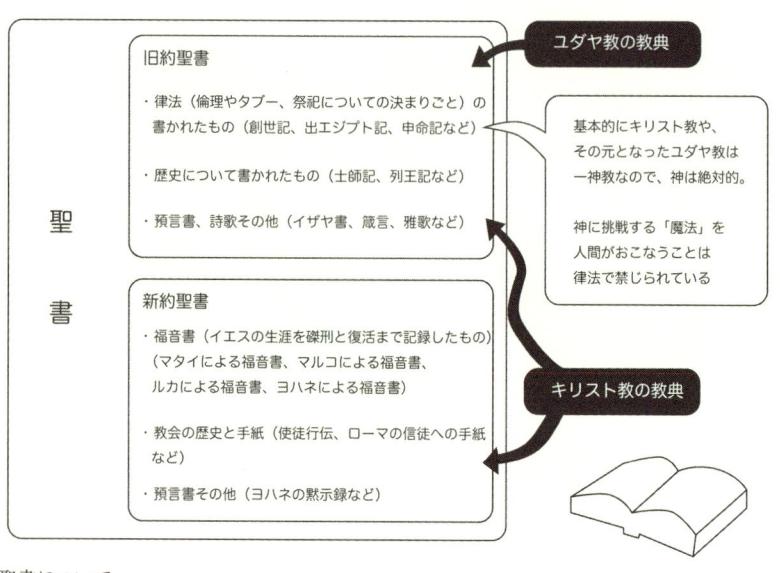

聖書について

しているだけあって、こちらはアバーニスの「ハリー・バッシング」と違って『ハリー・ポッター』支持者とも対話路線を取る。彼女は『ハリー・ポッター』が悪書であっても、それについて語り合うことで魂をよい方向に導けると考える。新約聖書ローマの信徒への手紙14章には、「信仰の弱い人を受け入れなさい。その考えを否定してはなりません」とある。福音派や「原理主義的」なキリスト教の立場を取り、『ハリー・ポッター』を否定的に捉える人たちが、必ずしもみな攻撃的というわけではない。

　このように見ると、『ハリー・ポッター』ファンにはキリスト教徒がとても偏狭に見えるかもしれない。しかし、世界的ベストセラーになった事実が証明しているように、すべての敬虔なキリスト教徒がこのような解釈を支持しているわけではない。そもそも、この説にしたがえば多くの西洋文学は「反キリスト教的」で「邪悪」になってしまう。文学も娯楽もあったものではない。作者J・K・ローリングはスコットランド教会の信徒であるし、破門されたという噂も聞かない。多くのキリスト教徒はどこかで折り合いをつけているのだ。

　では、我々も『ハリー・ポッター』を「火と硫黄の燃える池」から救い出してみよう。

■記号としての魔法

　無罪説の大きな根拠となるのは、『ハリー・ポッター』の「魔法」が聖書の言う「魔法」ではない、という主張だ。

　なるほど、魔法が「反キリスト教的」という考え方はわかった。確かに聖書にも書いてある。でも、あなたたちも『ハリー・ポッター』をよく読んでくださいよ。旧約聖書のエジプトの呪術師が使う魔術や、新約聖書使徒行伝のシモンが使う魔術とは、違うでしょう？　そう思った読者も多いはずだ。

　イタリアの記号論者にして、ベストセラー小説『薔薇の名前』（1980年）で一世を風靡した作家ウンベルト・エーコは、評論集『エビの歩み――熱

い戦争からメディア・ポピュリズムまで』(2006年)に収録されたエッセイで『ハリー・ポッター』を擁護する。

　魔法の出てくる小説を読んだ子供は大人になっても魔女を信じるなどと言われる。そんな説をみな本気で信じているだろうか？……我々はみな、子供の頃には鬼や狼男を適度に怖がるだろうが、大人になれば、魔女の毒リンゴではなくオゾン層の破壊を恐れるようになる。……
　問題はピノキオと憎き猫と狐の悪者コンビが実在すると信じて育った子供ではない。彼らは大きくなれば、まったく違う、もっと現実的な悪者のことを気にするようになる。本当に問題視されなければならないのは、魔法使いの出てくる話をひとつも読まずに育った大人である。彼らは茶葉やタロットを使う占い師、降霊術師や心霊体を出すペテン師、ツタンカーメンの呪いの真実を知っているというような手合いに頼ることになる。このようないかさま師を信じることで、猫と狐のコンビを信じるようなレベルに逆戻りしてしまうのだ。(Eco 294; 省略は引用者)

ウンベルト・エーコ

　エーコによれば、『ハリー・ポッター』の魔法、あるいは小説の超自然的現象をその世界においてのみリアルなものとして受け入れ、現実世界と区別することを学ぶことで、メディアの情報操作という「悪」に騙されぬ術が身につくという。魔法が厳密な聖書解釈では「反キリスト教的」で「邪悪」となるとしても、現実に我々は魔法を記号として消費している。子供ですらそうだ。『ハリー・ポッター』を読んだからといって、子供がホウキに乗って窓から転落死したとか、閉まっている扉に「アローホモーラ」と叫ぶ子供が増えたとか、ロンドンのキングズ・クロス駅のホームで柱に

激突してけがをしたなどという話は聞いたことがない（もっとも、9と$\frac{3}{4}$番線は観光用に作られているが）。

　エーコのエッセイは、「魔法」が『ハリー・ポッター』の世界でいったい何を表す記号として用いられているかという点に目を向けさせてくれる。たまたま「魔法」とは書かれているけれども、その意味するところは必ずしも「魔法」、あるいは聖書における「魔法」と同じとは限らないのだ。

　『ハリー・ポッター』において、魔法使いたちはマグルの前で魔法を使うことが禁止されている。最終巻『死の秘宝』（2007年）で明らかになる衝撃的な事実のひとつがホグワーツ魔法学校の校長先生アルバス・ダンブルドアの父がアズカバン刑務所で終身刑を受けていたことだろうが、これは娘アリアナを襲ったマグルに魔法で仕返しをしたからである（DH 454-55）。アズカバン刑務所では、吸魂鬼が囚人の魂を吸い取って彼らの生きる気力さえ失わせる（服役囚の人権という考え方は『ハリー・ポッター』の世界にはなさそうだ）。これは死よりひどい責め苦とされている。人情的にはわからなくはない親の復讐のためでさえ許されないくらいだから、人心を惑わすために人前で魔法を使うなどというのはとても割に合わない。したがって、ここに登場する魔法使いは使徒行伝のシモンの魔法とは違うのだ。使徒行伝のシモンは人心を惑わして利益を得、改心して洗礼を受けてからも奇跡を信じられず神の恩寵を金で買おうとして使徒ペテロの逆鱗に触れる（使徒行伝8章）。だが『ハリー・ポッター』においては、魔法を使う人たちの間でしか魔法を使わないわけだから、このように人心を惑わすこともないし、それで神（がいるとして）の権威をないがしろにするわけではない。

　キリスト教における神の超自然的な力の最たるものは、旧約聖書創世記における万物の創世であろう。したがって、生命誕生の神秘を操作することを「反キリスト教的」とする考え方は、錬金術師がホムンクルスを作るという噂に怯えていたルネサンスの頃から現在の人工中絶や遺伝子工学についての議論まで、常に存在している。しかし、『ハリー・ポッター』の魔法はそんなにすごいものではない。元素や分子レベルで物質を操作できるようだが、無から物事を創造するなどはじめから考慮されていないようだ。

食べ物を作れないかとぼやくロンに、ハーマイオニーは言う。

  「あなたのお母さんでも空気から食べ物なんか作れっこないわ」とハーマイオニー。「誰にもできないの。食物はガンプの元素変容の法則の5つの例外の第1のもので……」（DH 241）

 まるで魔法にも独自の物理学があるかのようだ。そして、その法則はあまり我々の世界と変わらないのである。
 よく読むと、『ハリー・ポッター』の魔法は生活を便利にするための技能かテクノロジーに過ぎないことがわかる。電子レンジや自動車や飛行機の代わりに、たまたま彼らが進歩させたものである。「ルーモス」「ノックス」はそれぞれ明かりをつけるか暗くするかだし、「インセンディオ」は火をつけるのだから、マッチかライターか——大規模であれば火炎放射器——を使って我々がしていることと変わりはない。『アズカバンの囚人』（1999年）では、ハリーは雨天でクィディッチの試合をしなければならなくなる。

  「いい考えがあるわ、ハリー。眼鏡を貸してよ、早く！」
  彼がハーマイオニーに眼鏡を手渡すと、驚くチーム全員を尻目に、杖で眼鏡を叩いて「インパーヴィアス！」と唱えた。
  彼女は眼鏡を返しながら言った。「ほら。もう水をはじくわよ」
                 （PA 133）

 ここでハーマイオニーは眼鏡を防水加工しただけだ。確かに彼女が使ったのは魔法であるが、科学の進歩によって我々にできてもおかしくないことである。『謎のプリンス』（2005年）だと、スラグホーン先生は喉を詰まらせた生徒に「アナプニーオ」と唱えて気道を確保する（HBP 172）。我々なら本人の肩胛骨の間を叩くとか、抱きかかえるようにしてみぞおちを押さえる（ハイムリック法）など、もっと野蛮な方法で対処しようとするかもしれないが、それをやや「進んだ」方法でやっただけだ。
 人間の自由を奪ったり命を奪ったりする魔法は存在するが、人間が科学

技術の進歩によって拷問具や銃器や兵器を作ってしまったのと同じことだ（古代人が原子爆弾を見れば、魔法だと思うに違いない）。アメリカにいる『ハリー・ポッター』否定派が銃規制に賛成しているとか、軍事開発そのものを「反キリスト教的」として批判しているなどという話は聞いたことがない。むしろ、その使い方により、キリスト教的にも反キリスト教的にもなるのだろう。

■賢者の石の問題

　『ハリー・ポッター』の魔法が「たいしたことがない」ことに触れたが、ひとつやっかいなものがある。「賢者の石」だ。後述するようにこれもまた「神への挑戦」なのだが、『ハリー・ポッター』をよく読んでみると、「神への挑戦」より「運命の受け入れ」に力点があることがわかる。
　議論に入る前に、賢者の石とは何か整理しておこう。
　錬金術の基本的な考え方によると、賢者の石は卑金属（金以外の金属）を金にし、そこから生じる「生命のエリクシル」は飲む者を不老不死にすると言う。錬金術は科学の進展に役立ってきたとされる一方で、「反キリスト教的」な行為という見方もある。神の創造を再現しようとする行為自体が、神の権威に挑戦しているとも捉えられるからだ。
　中世まで錬金術は哲学や化学と結びついており、ルネサンス期の「自然魔術」を実践する者はまだ科学者としてある程度敬意をもって見られたが、ときとして「反キリスト教的」な魔術師として投獄されることがあった。錬金術師の代名詞とも言えるルネサンス期の医師・自然哲学者パラケルススは、一説によると「反キリスト教的」として大学を追放されたとされる。また、万有引力の発見で有名な、近代力学の基礎をつくったアイザック・ニュートンは「最後の錬金術師」とも言われ、晩年には反教皇的、異端的な聖書解釈を含む文書を残していた。その後、錬金術はヘルメス主義やネオプラトニズムと結びつくことも多くなり、後者が19世紀に近代儀礼魔術を形成するに至って「反キリスト教的」と批判されることが多くなる。

『ハリー・ポッターと賢者の石』で、アルバス・ダンブルドアはルネサンス期の錬金術師ニコラ・フラメルと共同研究し、賢者の石を発明したことが明らかにされる。しかも悪の権化ヴォルデモートは、ハリーの両親を殺した時に生命の危険にさらされたため、この賢者の石を欲しがっている。ハリーたちはそれを守ろうと努力する。

　このニコラ・フラメルは実在の人物であり、その生家は知る人ぞ知る観光名所である。ただ、実際に錬金術師であったかどうかは定かではない。後世の評判によるところが大きい。

　フラメルは14世紀フランスの出版業者で、偽書とも言われる『象形寓意図の書』によって錬金術師という評判が死後定着した。シオン修道会の『秘密文書』によると、修道会の第8代グランド・マスターであり、エーコの『フーコーの振り子』(1988年)やダン・ブラウンの『ダヴィンチ・コード』(2003年)に言及されることで有名になった。シオン修道会は中世に起源を持つ秘密結社とされるが、その根拠となっていた『秘密文書』が偽書であることが明らかにされた。ニコラ・フラメルからすればとんだとばっちりである。

『ダヴィンチ・コード』

　文学者にもあまりいい評判ではない。19世紀フランスの文豪ヴィクトル・ユゴーは錬金術や降霊術にも関心を示したが、『ノートルダム・ド・パ

リ』（1831年）では決してよくない文脈でニコラ・フラメルと賢者の石を登場させている。ノートルダム大聖堂副司教クロード・フロロは二面性をもった人物だ。身体に障害を持つカジモドを拾って育てるという高潔な司教である反面、美しいが放埓な踊り子エスメラルダに心を奪われてカジモドにさらわせ、最終的に破滅する。その彼が人間の道を外れるきっかけとなったのが行き過ぎた知の探求であり、その中で錬金術研究とフラメルは中心的地位を占める。彼の悪い噂のひとつが、パリにあるニコラ・フラメルの生家の地下室を掘り、隠されていたとされる賢者の石を捜していたというものなのだ。現実にユゴーがどれだけ錬金術や神秘主義に共感していたかは別にして、この作品を読む限り錬金術は決してよいものとして扱われておらず、キリスト教的な価値観ともぴったり合う。

　では、なぜ『ハリー・ポッターと賢者の石』で、わざわざダークで「反キリスト教的」というイメージのある錬金術、しかもその中心ともいうべき賢者の石を第1巻のプロットの中核に据え、主人公の師となる人物の共同研究者にニコラ・フラメルを迎えたのだろうか。

　ここで大事なのは、『賢者の石』で賢者の石が最後に壊されるということである。この作品では、賢者の石が力を発揮した様子は一度も描かれず、単なる災いのもと——ヴォルデモート卿の悪だくみのもと——でしかない。

　では、賢者の石を壊したとダンブルドアが語る場面を見てみよう。ハリーは賢者の石をヴォルデモートから守ろうとするが、気を失う。彼はロンドンから急いで戻ってきたダンブルドアに助けられ、意識を戻すと賢者の石について聞く。

　「あれは先生だったんですか！」
　「手遅れにならんか心配じゃった」
　「一歩間違えれば手遅れでした。僕はあれ以上賢者の石を取られないでいられなかったかもしれません」
　「賢者の石のことじゃない、お前のことじゃ。賢者の石を守ろうとがんばりすぎて、危うく自分の命を失うところじゃった。一瞬もうお前が死んでしまったかと思ったよ。賢者の石じゃがな、あれは

とっくに壊した」

「壊した？」ハリーはあっけにとられた。「でも、お友達のニコラ・フラメルさんは——」

「ニコラのことまで知っておったか」ダンブルドア先生は嬉しそうに言った。「お前はしっかり調べてやったんじゃな。ニコラとわしはちょっと相談をして、何がみんなにとっていいか考えたんじゃ」

「でもフラメルさんと奥さんはそのおかげで死んでしまうんでしょう？」

「身辺を整理する時間だけ生きられる分のエリクシルは残しておる。それが終われば、死ぬじゃろう」

ダンブルドア先生は驚くハリーを見てほほえんだ。

「お前のようにまだ小さいと信じられないかもしれんが、ニコラとペレネルにとって、死ぬことは長い、長い一日のあとでベッドにつくようなものなのじゃ。結局のところ、明晰な精神の持ち主には、死は次の冒険にすぎない。賢者の石はそんなにすばらしい物じゃないぞ。飽きるほどの金と寿命。多くの人間はこのふたつを選ぶ。どうやら人間という生き物は、自分たちにとって最悪の物を選ぶコツをつかんでおるようじゃな」(PS 215)

ここで、賢者の石は超自然的な魔力を持つものとして描かれているが、人造であるかどうかさえはっきりしない。むしろ、それを使う人間の本性に焦点が当てられている。すべての人間はヴォルデモート同様に「賢者の石」を欲しているようなものであり、罪深いということだ。「賢者の石」は交換可能な記号であり、物語は賢者の石がまったく違う名前の物だったとしても成り立ちうる。このテーマは最終巻『死の秘宝』にまで受け継がれ、今度はハリーが無敵の杖であるニワトコの杖をダンブルドアの墓に戻す。「賢者の石」「ニコラ・フラメル」という言葉がオカルトめいているとしても、それは表面上のことにすぎない。

しかも、そのような人間の罪深い欲を自ら拒むというのは、トールキンの『指輪物語』における「指輪を捨てる」行為とあまりに似ていないだろ

うか。

『指輪物語』は、大ヒット映画『ロード・オブ・ザ・リング』三部作の原作としても知られるように、人間より小さなホビットという種族のフロド・バギンズが、たまたま手に入れることになってしまった世界を支配することのできる指輪を、滅びの山に捨てに行くという物語である。この「指輪」が何を意味するかについては様々な解釈があるが、キリスト教的な意味での「原罪」と「あがない」という見方もできる。

キリスト教の考え方では、人間はすべて無垢な状態ではいられず、神に対しての罪を犯すものとされる。そこで、「神の子」であるイエスは自ら磔刑に処せられ命を落とすことで、万人の罪をあがなったとされる。

旧約聖書創世記3章で、イヴはサタンの化身である蛇に誘惑され、神に禁じられていた知恵の樹になる実を食べる。アダムもその実を食べる。そこで彼らは目が開かれ、自分たちが裸であることに気づく。これが原罪である。原初の無垢な状態ではいられなくなり、神にそむく様々な欲望を抱くようになったのだ。神はアダムとイヴを楽園から放逐する。

そして、イエスが磔刑にされることで、その罪があがなわれたと考える。このあがないの解釈は一通りではない。イエスが全人類を堕落の道から解き放つために「身代金」として命を差し出したという説もある（新約聖書マルコ福音書10章45節）。あるいは、イエスのような完全な者の犠牲によって原罪という神に対する罪はあがなわれたという考え方もある（新約聖書ガラテヤの信徒への手紙3章13節、ローマの信徒への手紙6章23節）。ま

『ロード・オブ・ザ・リング』

た、中世フランスの神学者アベラールのように、イエスのような神への忠誠、自己犠牲が人類に与える道徳的影響を理由に挙げる考え方もある。

『ハリー・ポッターと賢者の石』の賢者の石をヴォルデモートが狙うように、『指輪物語』ではサウロンをはじめ多くの人々が欲望をかなえる指輪を狙う。それを捨てることは、欲の少ないフロドにとっても大変つらい作業だ。しかも、捨てるのはフロドでなくてはダメなのだ。たとえば、森に住むトム・ボンバディルは指輪を持っても欲望を覚えることなく、ホビットのように指輪を持って姿を消すこともない（Tolkein 130）。しかし、エルロンドの会議でガンダルフが言うように、彼は指輪の運び手にはなれない（Tolkein 259）。欲望が少なかったとしても、原罪を持つ、無垢ではない人間だからこそフロドは指輪の運び手となる。そして、最後には完璧な英雄像とはほど遠いやり方とはいえ、指輪を破壊して中つ国は救われる。この筋書きは異教的に見える『指輪物語』のキリスト教的な根っこの部分となっている。

とても「ダーク」な「賢者の石」でさえ、どうやら『ハリー・ポッター』の世界ではキリスト教の考え方と矛盾しないらしい。とすれば、『ハリー・ポッター』はどんなに熱心なキリスト教徒でも禁書や焚書騒ぎをするほどのものではないのではないか、という疑念がわいてくるだろう。

■「より深い魔法」

もっと積極的に、『ハリー・ポッター』を、あるいはそこに出てくる魔法を「キリスト教的」だと考える人たちもいる。

キリスト教系のアズサ・パシフィック大学で教鞭を執り、自らも敬虔なキリスト教徒である英文学者エミリー・グリージンガーによると、『ハリー・ポッター』はC・S・ルイスの『ナルニア国ものがたり』と同様に「キリスト教的」である。もちろん、C・S・ルイスを「反キリスト教的」と批判するキリスト教徒がいないわけではないが、彼が一般的にキリスト教徒に強い支持を受けていることを考えれば、思い切った主張である。

グリージンガーによると、そもそも『ハリー・ポッター』における「魔法」は宗教と関連づけられておらず、単なるファンタジーの道具である。ルイスは、想像力を育み、理想の世界や神の真実に到達する手助けとしてファンタジーを用いた。ファンタジーには物質世界の足枷から我々を解き放ち、日常的な姿とは違う側面から世界を見させる力がある。そして意味や真実や善行を目指す日々の探求は、現在という枠を超えて想像力を働かせることにより希望と、そして信仰と結びつく。若年の読者は新約聖書の福音書を読むとき、『指輪物語』や『ナルニア国ものがたり』を理解するのと同じように受け止める。これらのファンタジーに見られる終末論とその終末後の理想郷の到来を理解することが、聖書の終末論にある「神の国」の到来の理解を助けることになる。終末論の考え方では、仮にどのようなつらい世界にいたとしても、「神の国」、すなわち万物に神の支配が及ぶという理想状態を信仰と希望を捨てずに求めることが推奨される。

『ナルニア国ものがたり』

『ハリー・ポッター』にも同じ構造が見られるとグリージンガーは主張する（Griesinger 332-34）。

　さらに、彼女は、『ハリー・ポッター』にはC・S・ルイスの「もっと深い魔法」があると言う（*Ibid.*, 337-40）。『ナルニア国ものがたり』の第1巻『ライオンと魔女』（1950年）で、救世主の役割を果たすライオンのアスランは、次のように語る。

「それは、魔女が深い魔法を知っていたとしても、彼女が知らないもっと深い魔法があるということなのじゃよ。魔女は時のはじまりより前に起きたことは知らない。だが、もう少しだけ前の世界を見られたら、違う呪文がわかっただろうよ。人が自分では裏切らなかっ

ハリー・ポッターと反キリスト教論争　017

たのに裏切り者の代わりに自らを犠牲にした時、石舞台が割れ、死がさかさまに動き出すだろうということをな」(Lewis 176)

たとえキリスト教徒でなくても、ここにイエス復活の寓意が込められていることを想像するのは容易だろう。この「あがない」とはアスランの死と同時にイエスによる自己犠牲の愛をも意味する。先程触れたように、イエスは万人の罪をあがなうために現世での命を差し出し、神の秘蹟を証明するために復活する。アスランもまた、同じような自己犠牲を払うのだ。

ここにある自己犠牲や慈善の精神や愛が『ハリー・ポッター』にも見られないだろうか。たとえばそれは『賢者の石』にはっきりと現れているのではないだろうか。ハリーは自らの評判や命を省みずヴォルデモートから世界を守ろうとし、ハリーのためにロンは捨て駒となって自らを差し出し、ハーマイオニーは後ろに進む薬を飲む。そもそも当時1歳だったハリーがヴォルデモートに襲われながら一命を取り留めたのは、母の愛の力のおかげなのである。ダンブルドアは言う。

「お母さんはお前を救うために命を落としたのじゃよ。ヴォルデモートに理解できないことがあるとすれば、それは愛じゃ。彼は知らなかった。お前のお母さんの愛のように強い愛がそのしるしを残すことを。額の傷のことじゃない。目に見えるしるしじゃない。深い愛は、愛する人がいなくなったとしても、愛された人を永遠に守ってくれるのじゃ。」(PS 216)

もちろん、ハリーの母リリー・ポッター（旧姓エバンズ）はアスランのような偉大な人物ではない。彼女はハリーを守るために命を落としたのだろうし、それ以上の大きなビジョンがあったかどうかはわらかない。しかし、他人の罪のために自らの命を差し出す行為で永遠に愛するものを守るという筋書きには、確かに『ナルニア国ものがたり』と同じようなキリスト教的倫理観が見られると言ってもよいだろう。『謎のプリンス』ではこの点を振り返り、ダンブルドアは愛とその力について繰り返す。

「要するに、お前は他人を愛する力によって守られておる」とダンブルドアは声を荒げて言った。「それがヴォルデモートのような強力な力に対抗できる唯一の力じゃ。あんなに誘惑を受け、あんなに苦しんだというのに、お前の心は11歳の時と同じ純粋なままじゃ。心の望みを写す鏡をのぞき込んでも、そこに現れたのはヴォルデモートの悪巧みをくじく方法だった。永遠の命でも、巨万の富でもなく」（HP 603-4）

　リリーがハリーを愛した力がハリーを守ったように、ハリーの隣人を愛する力が悪をはねのけている。それによって賢者の石は守られ、人類は守られるのである。本当に強い魔法が隣人愛であり、自己犠牲の精神だというのは、反キリスト教的というよりは明らかにキリスト教的な考え方だと言える。さらに言えば、『死の秘宝』で、ヴォルデモートは結局その力を個人の欲望のために利用しようとして滅び、ハリーは生き残る。これは、ダンブルドアの言葉を借りれば、彼は「魔法の法」を破り（DH 570）、ハリーは「死ぬことを恐れなかった」、すなわち隣人愛のために自己犠牲をいとわなかったからなのだ（DH 569）。

　興味深いことに、『死の秘宝』の出版とともに「反キリスト教」批判を翻した人たちがいる。フォーカス・オン・ザ・ファミリーだ。これはアメリカにおける福音派、キリスト教右派を代表する著名人ジェームズ・ドブソンによって設立された非営利団体であり、大きな勢力を持つ。フォーカス・オン・ザ・ファミリーの会員リンディー・ケラーは『ハリー・ポッター』について、「ローリングはユダヤ＝キリスト教的な基盤で小説を書いていない」と団体の雑誌『プラグド・イン』で否定的な評を残していた。ところが、「魂」の問題を扱い、一気に哲学的になった『死の秘宝』が出るやいなや、同じ『プラグド・イン』で『ハリー・ポッター』を評価する方向に傾いている。「ローリングの世界では、登場人物たちは現実世界のキリスト教徒と同じ価値観を共有している」とし、さらに「『死の秘宝』には聖書の文句もちりばめられている」と評価する（Stephens 20）。

多くのキリスト教徒がC・S・ルイスの「魔法」を高く評価してきた。このように見ていくと、J・K・ローリングの「魔法」も評価すべきだと考える人がいても当然なのかもしれない。

■魔法使いの道徳

　賢者の石の放棄、自己犠牲、母親の愛——確かに、これらはキリスト教的かもしれない。しかし『ハリー・ポッター』にはもっと「ダーク」な魔法も出てくるではないか、と反論する人もいるかもしれない。
　実際、私の英語の授業でも、学生の加藤彬裕君がプレゼンテーションの題材として、「許されざる呪文」をオカルトとの関係で考えてみたいと言ってきた。
　加藤彬宏君は活発で楽しく、誰からも好かれるさわやかな好青年なのだが、意外にオカルトもよく知っている。『ダヴィンチ・コード』の流行以降、特にそれらしく見えない学生がフリーメイソンやイルミナティなどを知っていても驚かなくなった。学生時代に幻想文学やオカルトがそこそこ——自慢できるほどではないが、澁澤龍彦の『秘密結社の手帖』にはじまりアンドレーエの『化学の結婚』、クロウリーの『法の書』、ダグラスの『タロット』を読んだくらいだから、たぶん人並み以上に——好きであった私は、加藤君の指導にかこつけてもう少し調べてみることにした。

　まず、加藤君のプレゼンテーションがとてもよくできていたので、それを紹介してみる（論文の注釈や作品からの引用は、少し私が足したものもある）。

　　『ハリー・ポッター』の世界には、「悪い」魔法の使い方について
　　規則がある。そしてこの規則は、キリスト教神学を学んだキリスト
　　教徒から見ても、「キリスト教的」と思えるものなのだ。異論がある
　　ことは承知で、ラウトリッジ社刊の『ハリー・ポッター批評論文集』

（2009年）に収録されたピーター・チャッチオの「ハリー・ポッターとキリスト教神学」を部分的に紹介しながら論を進めたい。

チャッチオが触れているいくつかの点の中で、キリスト教徒ではない『ハリー・ポッター』読者にとって最も興味深いのは、「許されざる呪文」と権力への誘惑について触れたところではないだろうか。

『ハリー・ポッター』の世界で「許されざる呪文」と言えば、「インペリオ」「クルーシオ」「アヴァダ・ケダーヴラ」の3つである。「インペリオ」は服従呪文であり、相手の自由を奪って支配する。「クルーシオ」は磔刑呪文であり、相手を苦しめ、拷問する。「アヴァダ・ケダーヴラ」は殺人呪文であり、相手の生命を瞬時に奪う。これらの呪文は、人にかけるだけで、アズカバン刑務所での終身刑となる。しかも、チャッチオによると、これらの呪文を「許されざる」とする基準がいかにもキリスト教的なのだ。

キリスト教では、「許されざる」ものがいくつかある。有名なのはモーセの十戒であろう。これは旧約聖書出エジプト記20章および申命記5章に出てくる、神から賜った人間の守るべき戒律である。その中でも注目すべきなのは、「神の名をみだりに唱えてはならない」という掟だ。これはキリスト教では一番重いものと捉えられるからだ。……

加藤君のプレゼンテーションでは触れられなかったが、この「神の名を

▲発表会の様子　　　　　　　　▲プレゼンテーションをする加藤君

みだりに唱えてはならない」という問題がとても重いことは新約聖書からも立証できる。新約聖書で様々な福音書に記されるイエスの言葉に以下のようなものがある。

> だから、言っておく。人が犯す罪や冒涜は、どんなものでも赦されるが、霊に対する冒涜は赦されない。人の子に言い逆らう者は赦される。しかし、聖霊に言い逆らう者は、この世でも後の世でも赦されることがない。（マタイによる福音書12章31-32節）

> はっきり言っておく。人の子らが犯す罪やどんな冒涜の言葉も、すべて赦される。しかし、聖霊を冒涜する者は永遠に赦されず、永遠に罪の責めを負う。（マルコによる福音書3章28-29節）

> 人の子の悪口を言う者は皆赦される。しかし、聖霊を冒涜する者は赦されない。（ルカによる福音書12章10節）

要するに、キリスト教の考え方では、極論を言えば、殺人が許されても神や聖霊に対する冒涜は許されないのだ。これは、神が怒るというような話ではない。そうではなく、神を冒涜した人の魂が取り返しのつかない状態になり、引き返すことのできない堕落の道へ行くからなのである。確かに魂の状態は重要である。いわゆる「山上の教訓」でも、法に触れる行為をしたかどうかではなく、そういった行為をしようとする意志が神に対する罪だとされている。

では、加藤君のプレゼンテーションに戻ろう。

『ハリー・ポッター』の世界でも、「許されざる呪文」と魂は深く関係している。これらの呪文は相手に悪いから「許されない」だけではなく、かけている張本人の魂にもよくないのだ。

たとえば、殺人呪文で人を殺すと、魂を分割することができる。これが『謎のプリンス』で明らかにされる「分霊箱（ホークラックス）」で、若き日のヴォルデモートことトム・マールヴォロ・リドルはこのようにして自らの魂を7つに分割

した。『死の秘宝』で、ヴォルデモートの分霊箱の秘密を探るハリー、ロン、ハーマイオニーは、ハーマイオニーが見つけた『暗黒魔術の秘密』に答えを見出す。

「もしあいつがそれを読んでいたのだとしたら、なぜ分霊箱の作り方をスラグホーン先生に聞かないといけなかったの？」とロン。
「魂を7つに分けたらどうなるか知りたかったから先生に聞いただけなんじゃないかな？」とハリー。「スラグホーン先生に聞いた頃にはリドルはとっくに分霊箱の作り方を知っていたって、ダンブルドア先生も考えている。ハーマイオニー、君の言う通りだよ。あいつはそこから情報を得たんだ」
「読めば読むほど、分霊箱がどれだけひどいものらしいかわかるし、彼が6回もやったなんて信じられないの。この本でも、魂を分割した時に残りの魂がどれほど不安定になるか警鐘を鳴らしているわ。ひとつの分霊箱を作るだけでよ」
ハリーはダンブルドア先生がヴォルデモートについて言っていたことを思い出した。彼は「普通の悪」を超越したのだ。
「魂をもう1回元に戻すことはできないの？」ロンが訊いた。
「できるわ」ハーマイオニーはぼんやりと笑みを浮かべた。「でもとても苦痛らしいの」
「なぜ？　それに、どうやってくっつけるの？」とハリー。
「悔い改めることによってよ。それでも自分がやったことを体感することになるの。脚注には、その痛みで人は死ぬって書いてある。どうしてだかわからないけど、ヴォルデモートがそうしているところを想像できないわ」（DH 89）

ここでチャッチオが注目するのは、殺すという行為が相手にもたらす死という事実ではなく、殺人という行為をする人やその魂にもたらす影響の大きさだ。魂は分割されるが、その統合は悔恨によってしかなされえず、しかもその悔恨は死の苦痛を伴う。これは、魂がほとんど引き返しのできな

い悪い状態になったと言っても過言ではない（Ciaccio 40-42）。

　また少し付け加えると、磔刑呪文「クルーシオ」の禁止も、同様にキリスト教の「神に対する罪」という考え方をしたほうがわかりやすい。『死の秘宝』で、アルバス・ダンブルドアが学生時代に心酔した美青年ゲラート・グリンデルバルドは、大義のために突き進もうとし、行く手を阻むダンブルドアの弟アバフォースに磔刑呪文をかける（DH 457）。この争いのなかでダンブルドアの妹アリアナが命を落とすのだが、これはアルバスが改心し、グリンデルバルドが取り返しのつかない悪の道に進む象徴的な場面でもある（ちなみに、彼らは後に対決し、悪は潰える）。ここでも、この禁じられた呪文は、かけられたアバフォースにとってよくないから悪いのではなく、それによってかけた本人の魂が汚れ、道徳に反するからよくない、という解釈ができるのだ。実際にはアバフォースを襲っていないアルバスまでもが一生悔恨の念に駆られることになる（DH 457）。

　これまで確認したとおり、『ハリー・ポッター』は一番「ダーク」なところでさえ「かなりキリスト教的」だ、という解釈も成り立つ。もちろん、これはあくまでひとつの解釈にすぎない。だが、『ハリー・ポッター』追放運動が最も顕著なアメリカでは、逆に『ハリー・ポッター』をキリスト教に取り込もうとする動きも強く、その文句を説教に採り入れる「ポッターヴァース」まで登場していると言う（Duthie）。ひとくちに「キリスト教徒」といっても、ひとつの作品にこういった多様な解釈を示していることを覚えておくと、『ハリー・ポッター』についていろいろな世代や文化圏の人と話すのに役立つかもしれない。

　余談だが、授業では加藤君も楽しんでくれたと思うし、教えている私はとても楽しめた。実のところ、それが一番の「魔法」のような気がしている。

第2章 ハリー・ポッターとゲイの校長先生

■ ダンブルドアはゲイである

　ほとんどの学生が『ハリー・ポッター』の映画か原作を目にしている教室でも、「みなさんご存じだと思いますが、ダンブルドア先生はゲイなんですよ」と言うと、必ずどよめきが起こる。ダンブルドア先生はホグワーツ魔法学校の校長であるだけでなく、ハリーと常に親しくしている先生である。重要な人物であるし、こと映画版『ハリー・ポッターとアズカバンの囚人』以降ダンブルドアを演じているマイケル・ガンボンについては、日本でも原作ファンの中で厳しい意見を述べる者も多いくらいだから、みなよく知っているはずなのだ。しかも、ダンブルドアが同性愛者であることは作者が明言している。それでも、「ダンブルドア先生はゲイ」と聞くと動揺するらしい。

　これは「反キリスト教疑惑」同様、日本ではわかりづらい西洋文化に根ざす問題なのだろうか？　それとも、まったく別の問題なのだろうか？

　実は、「ダンブルドア先生はゲイ」と聞いて驚くのは日本にいる読者の無知ゆえの誤った反応ではなく、自然な反応のようなのだ。

　2007年10月ニューヨークのカーネギー・ホールでの会見でJ・K・ローリングがこのことを明らかにするまで、ダンブルドア先生の性的指向は明らかにされていなかったし、はっきりともしていなかった。ローリングの発言はやや唐突であった。ダンブルドア先生が愛した人がいたのかという聴衆の質問を取り上げ、「ダンブルドアはゲイだったんです」と答えた。若き日にゲラート・グリンデルバルドに恋をしていたというのだ。

　このニュースは各国のメディアで取り上げられ、同性愛者や性同一性障害者を支援する団体はおおむね好意的なコメントを出したが、困惑もあったように思われる。たとえば、イギリスにおける同性愛者の人権擁護活動で知られるピーター・タッチェルは、BBCに「児童文学にゲイの人たちがいるという現実が描かれているのは好ましいことです。我々はどの社会にも存在していますからね。ただ、ダンブルドアが同性愛者だということを本の中ではっきり書いてくれなかったのは残念です。明確に書いてくれて

いたら、もっと強力なメッセージとなったはずです」とコメントした。

　そもそも、『ハリー・ポッター』はそんなに「同性愛者に優しい」作品だろうか。タッチェルの政治的立場に賛同するかどうかは別にして、「ダンブルドアが同性愛者だということを本の中ではっきり書いてくれなかった」というのは事実だ。しかも、ダンブルドアが愛した男は、理想主義的なところはあっても、ヴォルデモートに次ぐ凶悪な魔法使いである。この関係を彼は一生後悔することになる。このことを考えると、「ダンブルドアはゲイ」というのは、なるほど児童文学としては「勇気ある」設定だったかもしれないが、だからといって「同性愛者に優しい」と言うには疑問の余地が残る。

　ダンブルドアとグリンデルバルドの出会いを見てみるが、はっきり言えばあまり「同性愛者に優し」くはない。ダンブルドアの少年時代、幼い妹アリアナがマグルたちに襲われる。繊細な彼女はそれ以来魔法がコントロールできなくなり、本来は一生病院から出られないほどの介護が必要になる。父パーシヴァルは怒りに身を任せ、少年たちに復讐をして終身刑となる。母ケンドラはアリアナのことを思って田舎に引っ越すが、アリアナの魔法の発作によって死んでしまう。世界一の魔法使いになれると考えていたアルバスは、自分の行く手を阻むかのような運命を呪う。そこにグリンデルバルドが現れるのだ。

>　「グリンデルバルドじゃよ。ハリー、やつの考えがどれほどわしの心をつかみ、復讐の念を燃え上がらせてくれたか、お前にはわかるまい。マグルどもを隷従させよ。我ら魔法使いに栄光あれ。グリンデルバルドとわしは、理想に燃える若き革命戦士じゃった。
>
>　「良心の咎めがなかったわけじゃない。じゃが、良心を空虚なスローガンで鎮めてしまったのじゃ。すべては大いなる善のため、そのための必要悪は何百倍にもなって魔法使いに返ってくる。心の深い奥底でグリンデルバルドの正体をわしは知らなかったのか？　たぶん知っておった。じゃが、心の目を閉じていたのじゃ。わしらの計画が成功すれば、すべての夢は叶う——そう思ってな。」（DH 573-

74)

　もちろん、ダンブルドアが真実をすべて語っているとは限らない。しかし、これだけを証拠に「ダンブルドアがグリンデルバルドに恋愛感情を抱いていた」と結論づけるのには無理がある。ここにあるのは、理想の実現に突き進むあまり自分を見失った若者の姿だ。ダンブルドアの境遇を考えれば、彼に心酔するようになるのに恋愛感情は必要なかったと考えられる。志を同じくする同性の者同士が、互いを恋愛や性的行為の対象としても求めるということはあり得るが、この文章だけを根拠にそこまでのことは言えないだろう。

　さらに言えば、公式に「ゲイ」とされる唯一の登場人物の恋愛対象が凶悪な人物で、後悔しているというのは、まるで同性愛が道徳的に誤っているかのような印象を与える。もちろん、異性愛者にもいい人もいれば悪い人もいるし、同じように同性愛者にもいい人もいるし悪い人もいる。いい人に恋をすることもあれば悪い人に恋をすることもあるのは、同性愛でも異性愛でも同じこと。たまたま無作為に取り上げた同性愛者が悪い人物に恋をして一生後悔しているということはあり得るが、そのケースしか示さないのでは、「同性愛者に優しい」作品とは呼べないだろう。これをふだんから同性愛者に強硬な態度を取っている男性作家が書いたとしたら、同性愛者の団体は喜ぶどころか抗議をしていたかもしれない。

　『ハリー・ポッター』は性に関してわりと「保守的」と思える証拠がたくさんある。このことが、「ダンブルドア先生はゲイ」と言われて急には納得できない大きな原因となっているのではないか？　本章では、『ハリー・ポッター』の作品にあらわれた性に関する意識がどのようなものか考察してみたい。この作品では女性に対する保守的な見方と革新的な見方、男性に対する保守的な見方と革新的な見方が混在しているので、その4つを順番に検討していくことにしよう。

■フェミニストから嫌われるハリー・ポッター

『ハリー・ポッター』はフェミニストの立場を取る研究者からの評判があまりよくない。「ダンブルドアはゲイ」発言の前も後も、それはさほど変わらないようだ。では、どうしてフェミニストに評判が悪いのか、まず整理してみよう。

最初に、ここで言う「フェミニスト」の意味をはっきりさせておきたい。フェミニストとはフェミニズムを推進する人たちのことである。フェミニズムは女性の権利の拡張、両性の平等を訴える運動のことであるが、大きく分けて「第1波」「第2波」がある。そして、本章で——あるいは一般的に、文化研究で——取り上げるフェミニストとは「第2波」のことである。

第1波フェミニズムは、19世紀ヨーロッパ、北アメリカの婦人参政権運動に象徴される政治的・社会的平等を訴える運動のこと。『ハリー・ポッター』の母国イギリスでも、『フランケンシュタイン』（1818年）で有名なメアリ・シェリーの母で著名な女権拡張論者のメアリ・ウルストンクラフトはその著書『女性の権利の擁護』（1792年）において女性への社会的抑圧の撤廃、両性の平等な教育の必要性を訴えた。1913年のエプソム・ダービー（最古の競馬大会のひとつ）で、婦人参政権運動家のエミリー・デイヴィソンが抗議の意思を表すために当時の国王ジョージ5世の持ち馬に飛び込み、命を落としたことは有名である。現在でも、雇用機会の均等や、産児休暇や育児休暇、託児所の設置などの職場における待遇改善を求める動きがそれに当たる。一般的に「フェミニスト」と言えば、第1波フェミニズムの運動を受け継ぐ人々のことを指す。しかし、本章では扱わない。

第2波フェミニズムは、もっと広く文化に残存する男性中心主義、家父長制度や伝統的性役割の見直しを訴える運動のこと。フランスの哲学者シモーヌ・ド・ボーヴォワールの『第二の性』（1949年）にある「女は女に生まれるのではない、女になるのだ」という言葉に集約される考え方に基づく。これは「女はもともと虐げられた存在として生まれてきているわけではないのに、男性中心主義の社会で育つうちに虐げられる存在になってしまう」という意味である。簡単に言えば、第2波フェミニズムとは「男は

外で働き、女は家で家事をする」という考え方や、「女は女らしくお人形遊びをしていなさい」あるいは「男は男らしく外でサッカーをしなさい」といった考え方を批判的に検討する運動である。これらの主張は、生物学的な性(セックス)と社会的な性、すなわち性差(ジェンダー)は異なる、という考え方に立脚している。この考えを推し進めた最近のフェミニストには、アメリカの哲学者ジュディス・バトラーのように、性差はパフォーマンスに過ぎず、

シモーヌ・ド・ボーヴォワール『第二の性』

その多様なパフォーマンスによって「男性vs女性」「異性愛vs同性愛」といった対立さえ解消されていくと主張する者もいる。性的マイノリティであるゲイの人たちがフェミニズムに共鳴することが多いのは、このためである。(もっともこれをさらに分けて「第2波」「第3波」と呼ぶこともある。)

　フェミニストが文化研究と関わりが深いのは、「女っぽい男」や「男っぽい女」の存在を否定的に捉えた小説や映画やTVドラマなどを「政治的に正しくない」として批判的に検討したり、逆にいままで黙殺されてきた「政

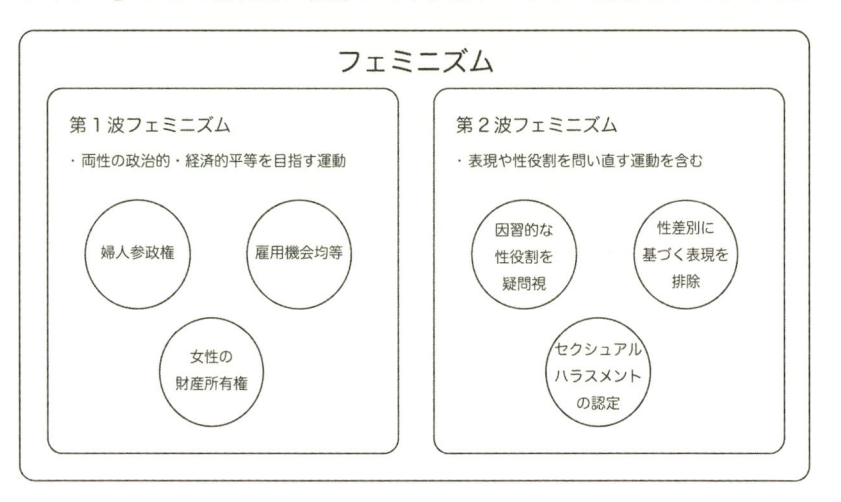

フェミニズム

第1波フェミニズム
・両性の政治的・経済的平等を目指す運動

- 婦人参政権
- 雇用機会均等
- 女性の財産所有権

第2波フェミニズム
・表現や性役割を問い直す運動を含む

- 因習的な性役割を疑問視
- 性差別に基づく表現を排除
- セクシュアルハラスメントの認定

治的に正しい」ものに注視したりすることが多いからだ。英文学批評の世界では、ケイト・ミレットの『性の政治学』（1970年）やギルバートとグーバーの『屋根裏の狂女』（1979年）などの優れた著作が生まれ、文学批評の可能性や対象領域を広げてくれた。しかし、その一方で「行き過ぎた」と思える批評も含み、一般的に難解な印象を与えるのも事実だ。

ケイト・ミレット
『性の政治学』

　少し脱線になるが、お笑いコンビのインパルスのコントに「フェミニストの園長先生」がある。これはとてもよくできたコントで、行き過ぎたフェミニストをうまく揶揄している。板倉俊之演じるフェミニストの園長先生は、堤下敦演じる保育士が『桃太郎』を読んでいると、事細かにクレームをつける。たとえば、「おじいさんとおばあさんがいました」と保育士が言えば、「ちょっと待って、そこ、必ずしもおじいさんが先かな？　あくまで関係性は並列なんだから、おばあさんからでも可なわけじゃん」と園長がクレームをつける。おじいさんが芝刈りに行くのもダメ、桃を切るのは「おばあさんの意志で」と説明をつけないとダメ、となる。主人公は女の子でなければならないので、「桃から生まれた桃太郎」とはいかなくなる。さて、最終的にどういう名前になったかは皆さんの想像にお任せしよう。ここで確認したいのは、園長の着眼点や主張がフェミニストと似ていることだ。フェミニストにとっては、たとえ物語の中であっても女性が冷遇されていたり、主人公が男性に偏ったりすることは、男女平等の妨げになるものとして批判される。コントの園長先生がやっているのは単なる「言いがかり」に近いが、同じ問題点をもっと想像力豊かに捉え直せば立派なフェミニスト小説になるし、文学理論や批評の手続きに沿って考えていけば立派なフェミニスト批評の論文になる。アンジェラ・カーターの『血染めの部屋』（1979年）は――あるいは完成度にかなり差はあるものの映画『エバー・アフター』（1998年）は――そういったフェミニストによる童話の「書き換え」の典型である。

　では、第2波フェミニストの間で『ハリー・ポッター』の評判がよくないのはどうしてだろうか。シリーズに批判的なフェミニスト批評を代表す

る主に2つの論文――エイミー・ビローネの「生き残った少年」(『児童文学』32巻（2004年））と、ハイルマンとドナルドソンの「性差別主義者から（ある種の）フェミニストまで――『ハリー・ポッター』におけるジェンダーの表象」（『ハリー・ポッター批評論文集』（2009年）所収）――を参照すると、その原因は少なくとも3つである。

（1）女性登場人物が活躍しない
（2）女性登場人物が（好意的に描かれている人物も含め）ステレオタイプ化されている
（3）悪い女性登場人物には（悪役の男性登場人物と違って）肯定的な資質が与えられていない

以下、順を追って説明しよう。

（1）女性登場人物が活躍しない
　もちろん、異論を唱える人もいるだろう。ホグワーツ魔法学校は共学であり、女生徒たちが多く登場し、魔法界で大人気のクィディッチ（アイルランドのハーリングにも似た架空のスポーツ）は男女混合チームで、女性もメンバーにいる。これまでの児童文学で冒険物といえば男の子ばかりが登場するし、学校小説と言えるジャンルはすべからく男子校か女子校が舞台である。おそらく『ハリー・ポッター』がモデルにしたであろう『ジェニングズ』のシリーズは男子校が舞台だし、ローリングの世代が確実に目にしたイーニッド・ブライトンの作品は女子校が舞台だ。「共学」というだけでもずいぶん進歩したとは言えないだろうか？
　しかし、活躍する女性は少ないという見方もある。たとえば、ハイルマンとドナルドソンによると、シリーズ全体で男性登場人物は201名、女性は115名らしい（Heilman and Donaldson 141）。『炎のゴブレット』までの4冊に登場する魔法省の大臣はバーサ・ジョーキンズをのぞいて全員男性である（Ibid., 142）。そのうえ、彼女はゴシップばかりしていてろくに会議を聞いていないダメな大臣で、後にヴォルデモートの拷問を受ける。クィデ

ィッチの試合で活躍するのは男子生徒で、例外的にチョウ・チャンのような女子生徒が活躍したり、スコアしたりする様子が描かれていても、試合を左右する局面においてではない。試合の難しい局面や、ダーティーなプレイに関わるのはすべて男子生徒である（*Ibid.*, 142）。ただし、『不死鳥の騎士団』以降は女性登場人物が増えていき、物語の進展に大きく関わってくるという。

(2) 女性登場人物がステレオタイプ化されている

　『ハリー・ポッター』では、肯定的に描かれている女性登場人物でさえ、ある種の紋切り型で描かれている。想像力ばかりで現実感覚がない存在か、想像力が決定的に欠如した存在かのいずれかだ、とする考え方だ。

　フェミニスト思想家ケイト・ソウパーの『自然とは何か？』（1995年）によると、西洋社会には文明を男性に代表させ、自然を女性に代表させる傾向があるという。伝統的には、西洋社会では「人間vs自然」ないし「文明vs自然」という対立で自然と人間の関係を考える。出産という一種「動物的」な行為から、女性は「文明vs自然」という対立においては「自然」に近い存在とされてきた。そこで、文明を代表する論理性などを男性的とし、女性は直感的または感情的とするような考え方が生まれる。ここに、

ケイト・ソウパー『自然とは何か？』

現実感覚のない「自然」そのものの女性というステレオタイプが生まれる。

　あるいは、無知な「自然」そのものである赤ん坊を人間社会に適応できるようしつける役割から、女性は「人間」と「自然」の仲介役のように考えられてきた。それが家事などと結びつき、実用的な技芸が女性に相応しいとされるようになる。壮大な宗教画や創造性豊かな抽象画などの芸術が男性的とされる一方で、手芸やキルトなどは女性的とされる。後者には前者のような創造性や遊びはない。あるのは現実原理だけ。ここに、想像力がなく現実感覚だけの（母親的な）女性というステレオタイプが生まれる。

　このようなふたつのステレオタイプが『ハリー・ポッター』にも見られ

る、というのだ。ビローネの論考がこの点では詳しい。

　たとえば、ルーナ・ラブグッドやシビル・トレローニー先生のような人物は、空想の世界でしか生きられない女性というステレオタイプに属する（Billone 196）。ルーナは他人とふつうの会話ができない（e.g. OP 168ff.）。しかも、他人の目に自分がどう映っているかを考えようともしない。他の人には見えない動物が見えるという特殊能力を持っているが、その理由を他人に説明しないため、気味悪がられている（OP 179-80）。トレローニー先生もまた我々と現実を共有しないタイプの人間である。彼女は「屋根裏と古風な紅茶屋を足して二で割ったような部屋」で授業をし、その一角にこもっていて他者との接触を極力避けている（PA 79）。彼女が教える予言術は『ハリー・ポッター』の世界ではどうやら学問として体系化されていないようで、名門校ホグワーツの教授でありながらトレローニーの予言の的中率はあまりよくないらしいし、マクゴナガル先生でさえ生徒の前で暗にその信憑性の低さを指摘している（PA 84）。『不死鳥の騎士団』ではアンブリッジ先生に解雇され、ヒステリックに振る舞う（OP 524-27）。このように現実感覚や理性や自意識をまったく欠いた女性というのは、小説や映画などでは珍しくない。

　逆に、マクゴナガル先生とハーマイオニーは、アンブリッジ先生と同じく、想像力のない、現実原則に縛られた女性というステレオタイプに属する（Billone 196; cf. Heilman and Donaldson 146-49）。彼女らは社会の規範やルールについて詳しく、常にリアリスティックな行動を取る。想像力をはぐくんだり、遊んだりすることに興味はない。マクゴナガル先生やハーマイオニーがクィディッチに関心を持つのは、それがグリフィンドール寮の寮杯獲得に影響するからである。仮に観戦を楽しんだとしても、彼女らが自らプレイすることを楽しんでいるわけではない。教科書に書かれており、学問体系として確立されているらしい呪文や変身術などは学ぶが、学問として体系化されていないらしい予言術は信じない。ハーマイオニーは論理的思考ができるにもかかわらずチェスに弱く、遊びらしい遊びはひとつもしないし、常にハリーとロンの母親のように振る舞う（e.g. PS 159, 114-15）。こういった役割を果たす女性の典型といえば、『ピーター・パン』のウェン

ディであろう（cf. Barrie 130）。アンブリッジ先生にいたってはもっと極端で、テストに縛られて魔法の実践さえ禁じてしまう。

(3) 悪い女性登場人物には肯定的な資質が与えられていない

　『ハリー・ポッター』シリーズで誰からも嫌われる人物を3人挙げよと言われれば、おそらくリータ・スキーター、ドロレース・アンブリッジ、ベラトリックス・レストレンジであろう。見事に全員女性である。

　彼女らの共通点と言えば、自分勝手で強きに媚びへつらい、嘘や欺瞞で他人を陥れる卑怯な人間だということであろう（Heilman and Donaldson 145）。二面性のあるスネイプはもちろんのこと、最も凶悪な魔法使いヴォルデモートでさえ、不幸な境遇があって悪の道に堕落したのだから、多少は同情の余地がある。ところが、この3人にはまったく同情の余地がない。

　リータ・スキーターは真実をねじ曲げて他人の名誉を傷つける「スクープ」をすることでジャーナリストとして成功する。『炎のゴブレット』でハリーの名誉を傷つけたかと思えば、『死の秘宝』では『アルバス・ダンブルドアの人生と嘘』という悪意に満ちた伝記まで出版する。醜い容姿と過剰に身にまとったジュエリーも、彼女のイメージをひどく劣悪なものにしている。

　アンブリッジ先生は『不死鳥の騎士団』で闇の魔術に対する防衛術の教員に任命されるが、これも、魔法大臣ファッジのスパイとしてダンブルドアを陥れるためにやってきただけである。彼女はさらに立場を利用してホグワーツの校長にまでのぼり詰める。

　ベラトリックスはヴォルデモートに忠誠を尽くし、残酷で、相手を挑発する不快きわまりない人物である。彼女はネビル・ロングボトムの両親に磔刑呪文をかけたほか、ハリーの名付け親であるシリウス・ブラックを殺し、ハリーを挑発する。だが、そのヴォルデモートにさえ好かれておらず、実のところ親しそうに見える妹のナルシッサ・マルフォイとも仲が悪い。

　このような見方をすれば、確かに『ハリー・ポッター』の世界はフェミニストが掲げる理想とはほど遠いもので、フェミニストから批判的に見られていたとしてもおかしくない。

■ハーマイオニーと白雪姫の王妃

　もちろん、すべてのフェミニストが『ハリー・ポッター』を批判しているわけではない。ここでは、『ハリー・ポッターを読み直す』（2009年）に収録されたレスリー・フリードマンの「戦闘的リテラシー――ハーマイオニー・グレンジャー、ドローレス・アンブリッジ、リータ・スキーター、テクストの（誤）使用」を紹介しながら、フェミニストによる『ハリー・ポッター』評価の可能性を模索したい。

　ここで注目したいのは、ハーマイオニーが読み書きという行為を通じて自己体現しているという点である。

　前節で触れた『ジェーン・エア』論で有名なギルバートとグーバーの『屋根裏の狂女』にも、女性の創造性をいかに表現するかという議論がある。ギルバートとグーバーによれば、童話「白雪姫」で女性がお手本としなければならないのは、白雪姫ではなく、王妃である。ご存じの通り、王妃は、鏡に向かって「鏡よ、鏡、世界で一番美しいのはだーれ？」と訊き、継子の白雪姫を何度も殺そうとする大悪党である。白雪姫を森に連れて行かせて猟師に撃たせようとしたり、自分で物売りや老婆や農家の妻に扮して近づいたりし、最終的に毒リンゴを食べさせるのに成功する。最終的に白雪姫は息を吹き返し、彼女の謀略は発覚して罰を与えられる。だがギルバートとグーバーは、王妃こそが計略（プロット）を作る物語作者であり、いくつもの声を持つ芸術家であり、無限の創造性を秘めているのだと言う（Gilbert and Gubar 38-39）。彼女は「家父長制社会において手に入れることのできた唯一の手段」を用い、王妃としての定められた運命に反抗した英雄であり、運命の足枷を課せられたまま従順に生きていくという死のような生の代わりに、主体的な生き方を選んで命を落とした殉教者である（Ibid., 39, 40-42）。この王妃のような創造性は男性中心的な社会では罰せられる。しかし、王妃の創造性に満ちた家父長制社会への挑戦こそ、女性が目指さなければ

サンドラ・ギルバートとスーザン・グーバー『屋根裏の狂女』

ならない姿だというのだ。

　では、『ハリー・ポッター』には、そのような女性の創造性は描かれているのだろうか？

　シリーズを通じ、ハーマイオニーは一貫して読書量に裏打ちされた豊富な知識、そして文字情報(テクスト)を読み解く力でハリーたちに貢献する。彼女が『基本呪文集』で学んだ呪文によってハリーたちを救うこともあれば、純粋に彼女の読む力が役立つこともある。その典型が『賢者の石』の「論理パズル」だろう。賢者の石をヴォルデモートから守るため、ハリーたちはヴォルデモートの味方をしている誰か——彼らはスネイプ先生だと思いこんでいたが、実際にはクィレル先生——を止めようとする。そこで、ハリーとハーマイオニーは7本の薬瓶が置かれたテーブルのある部屋にたどり着く。前に進む薬と後ろに戻る薬を正確に当てなければならないが、ヒントになるのは謎めいた文章の書かれた紙切れだけである。

　　危険はそなたの前に潜み、安全は後ろにある
　　我等のうち二人はそなたの助けとなろう
　　一人はそなたを前に進め
　　また一人は飲む者を後ろに進める
　　我等の二人はイラクサ酒
　　三人の殺し屋もこの列に隠れている
　　永遠にこの部屋に留まりたいのでなければ選べ
　　選択の手助けに四つの手がかりを与えよう
　　一、殺し屋はどんなにうまく隠れても
　　　　イラクサ酒の左側にいる
　　二、端に立つ者は異なるが、
　　　　前進したいのならどちらも助けてはくれない
　　三、一目瞭然のことだが、すべて大きさが異なる
　　　　最も大きな者と小さな者は死をもたらさない
　　四、左端から二番目も右端から二番目も味わえば同じ
　　　　見た目は確かに違うけれども（PS 206-07）

ハーマイオニーはこれが魔法の呪文ではなく「論理パズル」だということを見抜き、無事ハリーはクィレルの陰謀を食い止める（PS 207）。確かに児童文学という制約上、さほど難しくはないが、彼女はこのテクストを創造的に「読ん」だのである。「（私なんて）本をたくさん読んで頭がいいだけじゃないの！　もっと大切なものがあるの。友情と勇気よ。ハリー、気をつけてね！」（PS 208）と言うハーマイオニーだが、フリードマンによれば、「本」も「頭がいい」のもとても大事なことであり、それにより彼女はテクストを創造的に読むことができる（Friedman 193）。そして、前節で確認したような男性中心主義的な魔法界において、「本」と「頭がいい」ことこそ女性としてハーマイオニーが持ちうる武器だということにも注意しておこう。

さらにフリードマンは、このハーマイオニーの「創造的」な「読み」がたとえばアンブリッジ先生とハーマイオニーの対決に結実すると考える（Friedman 199）。たとえば始業式のアンブリッジ先生のスピーチと、ハーマイオニーの「創造的」な「読み」を比べてみよう。まずは、ロンに退屈と言われたアンブリッジ先生のスピーチから。

　　「魔法省は常に若い魔法使いや魔女の教育を最重要課題と考えてきました。皆さんが生まれ持った希有な資質も、注意深い指導によって磨かれなければ無に帰してしまいます。私たち魔法使いの共同体にしか存在しない古来の技芸も、次世代に受け継がれなければ永遠に失われるでしょう。先人たちから蓄積されてきた魔法の知識という宝の山を失くさないように守り、新たなものを加え、磨いていくのは、教師という気高い職業に天命を感じた人々なのです。……

　　「ホグワーツの歴代校長先生方は、この歴史ある学校を運営するという重要な責務に新風を吹き込んでこられました。当然のことです。進歩がなければよどみ、朽ち果ててしまうでしょう。とはいえ、進歩のための進歩はやめねばなりません。先人たちが試行錯誤を通して生み出した伝統は、たいていの場合、下手に直すよりそのまま

のほうがいいのです。とすれば、大事なのは古いものと新しいもの、永続性と変化、伝統と改革のバランスなのです。……

　「というのも、変化には改善があることも事実ですが、後世になって判断の誤りだとわかったことも多いのです。古い習慣には残るものもあるでしょうし、当然残るべくして残るものもあるでしょう。その一方で、時代にそぐわなくなって廃れるものもあれば、なくすべきものもあります。では、新たな時代へと前進しようではありませんか。情報公開とコスト・パフォーマンスと説明責任を求めるこの時代へ。守らなければならないものは守りましょう。完成すべきことは完成させましょう。そして、禁じねばならない悪しき所行はその芽を摘んでしまうのです」（OP 192-93、省略は引用者）

保守派の教育者の発言として何ら珍しいことのない、この紋切り型の表現にまみれたスピーチを、ハーマイオニーはこのように読み解いていく。

　「ほんとにまあ、啓蒙的だったわ」とハーマイオニーが小声で言った。
　「まさか面白かったとか言うなよな」ロンが小声で返し、うつろな表情をハーマイオニーに向けた。「人生で一番退屈なスピーチだったよ。言っておくが、僕の兄貴はパーシーなんだぜ」
　「啓蒙的だったと言ったのよ。面白かったなんて言ってない。いろんなことがわかったわ」
　「ほんとに？」ハリーが驚いて言う。「どうでもいい無駄話だと思ったけどな」
　「その無駄話の中に大事なことが隠れていたの」ハーマイオニーはにこりともしない。
　「そうかい」ロンが何も考えずに言った。
　「『進歩のための進歩はやめねばなりません』と言ったのよ。『禁じねばならない悪しき所行はその芽を摘んでしまうのです』ともね。どう思う？」

「だからそれが何だって言うの？」ロンはいらいらしてきた。
　「どういう意味か教えてあげる」ハーマイオニーがおどすように言う。「魔法省がホグワーツに干渉するということよ」(OP 193)

　このエピソードが重要なのは、ハーマイオニーの「本」と「頭がいい」ことに象徴される文章解読能力が、教科書や百科事典を読むという受動的な行為に留まらないことを示しているからだ。ハーマイオニーはもはや本から知識を得るだけの「ガリ勉」ではない。文章に隠された内示的な意味やイデオロギーなどを読み取ることさえできる、批評的かつ創造的な読者なのだ。このような「読み」には文章の表面的な読解能力だけでなく、話者の思想的背景や口調や身振り、発話が起こった社会的背景などを総合する能力が必要となる。アンブリッジ先生の神経質で狂信的な様子、ヴォルデモートの復活を公式に認めようとしない魔法省の動きなどを総合し、ハーマイオニーはダンブルドア先生の教育方針への批判の現れを見出す。彼女の「創造的」な「読み」はアンブリッジ先生の正体を一瞬で暴いてみせたのだ。
　さらに、ハーマイオニーの「創造的」な「読み」は彼女の主体性の確立と無縁ではない。アンブリッジ先生は「闇の魔術に対する防衛術」の授業で、実際の魔法の使用を禁じ、ウィルバート・スリンクハードの『防衛魔術理論』の暗記という、いわば「受動的」な「読み」を強いる。「受動的」な「読み」も得意なはずのハーマイオニーは著者の考えに反論する。

　　「今度は何ですか、グレンジャーさん」
　　「私はもう2章を読みました」とハーマイオニー。
　　「では3章を読みなさい」
　　「3章も読んでいます。この本は全部読んだんです」
　　アンブリッジ先生は目をぱちくりさせたが、すぐに平静を取り戻した。
　　「わかりました。では、第15章でスリンクハードが対抗呪文について述べていることを答えなさい」

「対抗呪文というのは誤った名称だと述べています」とハーマイオニーが間髪を入れずに言う。「『対抗呪文』というのは他者を呪う魔術が少しでも聞こえがよくなるようにつけた名前だ、と」
　アンブリッジ先生は眉を上げたが、彼女が不本意ながらもハーマイオニーに感心していることはハリーにもわかった。
　「でも、私は同意できません」とハーマイオニーは続ける。
　アンブリッジ先生の眉がもっとつり上がり、視線は冷たくなった。
　「同意できません？」
　「はい」ハーマイオニーはアンブリッジ先生と違って大きな、はっきりした声で話していたので、クラス中が彼女に注目した。「スリンクハードは対抗呪文のような呪いの魔法が好きではなかったのでしょう。でも身を守る手段としては、対抗呪文は効果的だと思います」(OP 283)

　ハーマイオニーの反論はアンブリッジ先生の授業運営の基盤を根底から揺るがしてしまう。というのも、彼女は教科書に書かれた情報を暗記するのでも全否定するのでもなく、その情報を批判的に検討するという「創造的」な「読み」をしたからである。アンブリッジ先生にとって、教科書を丸暗記し、先生の言うことを疑いもせずに聞く生徒は扱いやすい。また逆に、教科書を読まず、先生の言うことも聞かない生徒は（彼女の大好きな）減点や処罰の対象となるので、ある意味扱いやすい。一方で、ハーマイオニーのように、彼女にはできないような批判的な読みができてしまう生徒は危険だ。間違っていない上に、処罰の対象にもならない。結局アンブリッジ先生はこの場面で理由もなくハーマイオニーの属するグリフィンドール寮の点数を引くが、そのおかげで彼女の権威は完全に失墜する（OP 284）。一方で、ハーマイオニーの「対抗呪文」についての合理的解釈は、その後のダンブルドア軍団結成にもつながっていく。
　つまり、どれほど表面的なイメージが異なっていたとしても、アンブリッジ先生にたてつくハーマイオニーは「白雪姫よりも王妃に近い」ということなのである。ハーマイオニーは女性であり、批評家である。批評行為は受動的な行為ではなく、白雪姫の王妃のように能動的で、創造的だ。こ

のように考えて読むと、『ハリー・ポッター』のフェミニスト的要素が見えてくるかもしれない。

■ハリー・ポッターは意外にマッチョ

　『ハリー・ポッター』がその女性登場人物の扱いゆえにフェミニストから批判されていること、一方で評価もされていることを述べたが、では男性登場人物はどうなのだろう？　出発点である「ダンブルドアはゲイ」発言にまつわる問題を読み解くためにも、次の2節で『ハリー・ポッター』と「男らしさ」について検討してみたい。
　日本では女性愛読者が多いので意外な感があるかもしれないが、『ハリー・ポッター』はかなり「マッチョ」である。ホグワーツは共学で11歳から始まるので、典型的な「パブリック・スクール」（イギリスの名門私立学校）とは異なるが、それでもイギリスのパブリック・スクールのマッチョな精神を受け継いでいるように見える。それに加え、特に『賢者の石』にパブリック・スクール小説の古典『トム・ブラウンの学校生活』（1857年）の影響がはっきり見られる（Smithほか多数指摘）ことも、『ハリー・ポッター』の「マッチョさ」を強固なものにしている。

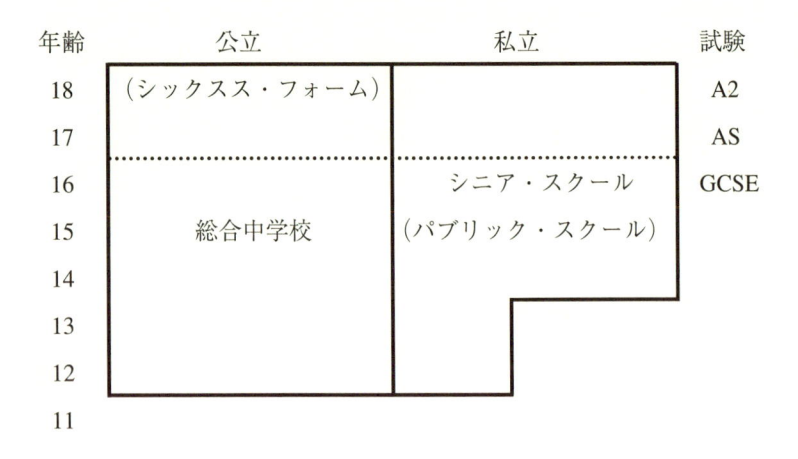

年齢	公立	私立	試験
18	（シックスス・フォーム）		A2
17			AS
16		シニア・スクール	GCSE
15	総合中学校	（パブリック・スクール）	
14			
13			
12			
11			

イートン、ウィンチェスター、ハロウ、ラグビーなどの名門校に代表されるパブリック・スクールでは、伝統的にはスポーツ、宗教的行事、寮の自治が重んじられる。極端な言い方をすれば、勉強だけできる「ガリ勉」タイプはむしろ少数派であり、伝統的にはスポーツもこなし、上下関係をしっかり守る「マッチョ」なタイプこそ良家のお坊ちゃんなのだ。現在イギリス（厳密にはイングランドとウェールズ）では、中学校（日本で言う中高一貫のような学校）は7年で、最初の5年終了時にGCSE（中等教育修了証明書）のための試験を受け、大学などへの進学を希望する場合はAS・A2といったいわゆる「Aレベル」試験を受ける。GCSEのために7科目（イングランドなら英語、数学、理科プラス4科目）履修し、A2のために3科目（現実にはASまで4科目以上学び、成績に応じて3科目に絞る生徒が多い）履修する。ホグワーツでもO.W.L.sという中等教育修了試験のために7科目（魔法薬学、闇の魔術に対する防衛術、薬草学、変身術、闇祓い、占い学、魔法史）を学び、N.E.W.T.というもうひとつの試験がある。これほどまで試験のためにカリキュラムが体系化されているにもかかわらず、クィディッチが彼らの生活の中心的な位置を占めている。ちょうど、パブリック・スクールが課外のスポーツに力を入れているのと同じだ。有名なパブリック・スクールでは、伝統的には午後はスポーツをする。（ヨーロッパ諸国には日本の部活動のようなものはないので、イギリスで学生のスポーツと言えばパブリック・スクールのスポーツや、ケンブリッジ大学とオックスフォード大学のボート対抗戦くらいである。）チームワークやフェアプレイの精神を育てるためであるが、高等な知性や女性的ともいえる繊細な感覚を使うというより、体と体がぶつかり合う「マッチョ」なスポーツがメインである。

　『賢者の石』で、ハリーはクィディッチの練習をするに当たってハーマイオニーが借りてきた『時代とともに変わるクィディッチ』を読むが、そこにはさらりと「選手は試合中にめったに死なない」と書かれている（PS 133）。実際には激しい体当たりをともなうスポーツなのだ。同様に、ラグビー発祥の地ラグビー校を舞台にした『トム・ブラウンの学校生活』にはラグビーの原形のようなフットボールが出てくるが、かなり危険で勇気と体力の要るスポーツとして描かれている。主人公のトム・ブラウンが仲良

くなったハリー・イーストは、ロンがハリーに魔法界の様々なことを教えるように、パブリック・スクールのしきたりについて手ほどきする。フットボールをしたいというトムに、このように説明する。

> 「だって君はルールだって知らないじゃないか。覚えるのには1ヶ月くらいかかるな。そうしたら、試合に出るのも夢じゃなくなる。言っておくけど、君たちが学校でやっていた試合とは全然違うぜ。だって、今年度も半ばにして、鎖骨を折ったやつが2人いるし、5, 6人は歩けなくなった。去年は足の骨を折ったやつがいたな」
>
> （Hughes 98）

ここではフェアプレイの精神やチームプレイの大切さなどみじんも触れられない。まずは男らしさ、しばしば「男性的」とされる腕力や勇気や根性といった美徳が謳われる。野蛮なフットボールを紳士教育の道具にしたラグビー校を舞台とした小説でさえ、フットボールが男らしさを示す檜舞台として捉えられているのだ。実際のクィディッチの試合からも確認できるように、「試合中にめったに死なない」という表現に凝縮されているのは、このスポーツの本質にある男らしさへの賛美である。

　最初の試合から、ハリーは活躍をする。クィディッチでは、シーカーというポジションの選手がスニッチという飛ぶボールを捕まえると150点入り、試合が終了する。ハリーは見事にそれを成し遂げるのだが、それはチームワークのおかげでも、フェアプレイの精神のおかげでもない。彼の知性によるものでも、繊細な感受性によるものでもない。単に体を張った行為の結果なのだ。

> 　ハリーが地面に急降下してくると、観客には彼が口元を手で覆うのが見えた。まるで気分が悪くなって吐きそうになっているかのようだ。そして彼はピッチに激突してうつぶせに倒れた。そして咳き込むと、彼の手に金色に輝くものが落ちた。
> 　「スニッチを捕まえた！」ハリーが叫び、スニッチを高々と掲げ

ると、試合は混乱したまま終了となった。(PS 140-1)

この試合の結末は、『トム・ブラウンの学校生活』の最初のフットボールの試合に近い。トムは相手の猛攻から体を張ってボールを守ろうとする。

> そこには最高のゴールキーパーである監督生がいて、トム・ブラウンが脇を固めている。もうトムには、自分が何をしたらよいのかわかる。今度はお前の番だ、トム。ブラウン家の熱き血潮がたぎる。2人はともに猛進し、近づくポールの下、ボールに向かって身を投げる。監督生は手と膝から、トムは顔面から落ちる。密集の先頭にいた選手が監督生の背中めがけてなだれ込み、トムは体から空気を完全に押し出されてしまわんばかりに、ぺちゃんこにされてしまった。「マイ・ボールだ!」そう言うと、監督生はボールを持って立ち上がる。「立て。小さいのがお前らの下にいるぞ」彼らがその少年のそばから離れると、トムが身動きもせずに横たわっていた。
> 　上級生のブルックがトムを抱え上げる。「どけ、新鮮な空気を吸わせてやれ」そして彼の腕や足を触って、「骨は折れてないな。気分はどうだ?」
> 　トムは息を吹き返すと「はあ、はあ」とあえぐ。「上々です。ありがとうございます」
> 　「こいつは?」とブルック。
> 　「新入生のブラウンです。自分は知っています」とイーストが進み出る。「そうか、度胸のいいやつだ、きっといい選手になる」とブルック。
> 　五時の鐘が鳴る。ノー・サイドとなり、寮対抗戦の初日が終わる。
> 　　　　　　　　　　　　　　　　　　　　　　　　(Hughes 111-13)

もちろん、トム・ブラウンのほうがリアリスティックに描かれてはいるし、彼らが試合で果たす役割は違う。しかし、ともに「男らしいど根性」を示すことが大事らしいスポーツの試合で、身を挺して「男らしいど根性」を

示し、結果としてその活躍が認められるのだ。

　このように見ると、ホグワーツも結局「男は男らしく」の世界であり、それと違った生き方があまり許容されていないようにも見える。『トム・ブラウンの学校生活』には、病弱だが信仰心の厚いジョージ・アーサーが登場し、彼は体が強く傲慢になりつつあったトムに信仰心の大事さを悟るきっかけを作る。同じように『ハリー・ポッター』にはネビル・ロングボトムが登場するのだが、ハリーやロンを改心させるわけではない。愛すべきキャラクターではあるものの、彼の役割はアーサーよりも小さいだろう。しかも、アーサーにしてもネビルにしても、別に「男は男らしく」と異なる生き方を目指しているわけではなさそうなのだ。彼らは単に病弱だったり、運動神経が鈍かったりして、「男は男らしく」しようとしてもできなかっただけなのだ。

　このように見ると、『ハリー・ポッター』は確かにマッチョであり、伝統的な男性観に縛られている。「ダンブルドアはゲイ」と言われてすぐに納得できるような見方で男性が描かれていないとも言えるだろう。

『トム・ブラウンの学校生活』

■ハリー・ポッターと「ホモソーシャル」

　前節で、『ハリー・ポッター』が伝統的な男性観を唱道していることを確認した。では逆に、『ハリー・ポッター』は「同性愛者に敵意のある」作品なのだろうか。章の冒頭で「ダンブルドアはゲイ」という発言に同性愛者の活動家がとまどったという話を紹介したが、逆に同性愛者から非難されたという話も聞かない。

　ここでは、もしかしたら『ハリー・ポッター』は「同性愛者に優しいかもしれない」ことを示してみよう。

　『ハリー・ポッター』には、様々な「男の友情」が描かれる。ハリーと

ロン、ハリーの父ジェームズとシリウス・ブラック、シリウス・ブラックとリーマス・ルーピン……。作者が女性であり、女性登場人物がたくさんいる中で、ハーマイオニーやハリーの母リリーなど印象を残す女性がいるものの、「女の友情」は描かれないとさえ言ってよいだろう。そして、この「男の友情」は、単なる「友情」とは異なる欲望をはらんだ関係として解釈しうるのだ。

英文学者にはよく知られた研究書に、イヴ・セジウィックの『男同士の絆——イギリス文学とホモソーシャルな欲望』（2001年）がある。この著作は、とても「マッチョ」と思われてきたイギリス文学作品における男性同士の関係をプラトニックな友情とは異なる視点から読み解いたことで知られている。伝統的な聖書解釈によって同性愛を禁じてきたヨーロッパ文化圏では、同性愛と異性愛を峻別する傾向が——そもそも日本のような文化よりも——強い。そういった風土の中で、男性同士の絆が社会的に「容認できる」ものであるためには、その関係が同性愛的ではなく、異性愛的であることが保証されなければならなかった。そこで、どんなにホモセクシュアルと分かちがたいものであっても、性的要素を取り除いた「ホモソーシャル」な関係が生まれる。したがって、ホモセクシュアルとホモソーシャルの境界は曖昧なのだ。セジウィックは18世紀から19世紀のイギリス文学を中心にホモソーシャルを読み解いていく。

『ハリー・ポッター』との関連で興味深いのは、彼女が紳士階級の男子教育とホモソーシャルに触れている箇所であろう。ある男性同士の間に性的関係に至るような結びつきがあったとする。これが貴族の間では「退屈しのぎ」や退廃的な「放蕩」と結びつけられ、労働者の間では「暴力」と結びつけられていたのに対し、紳士たちの間では性的指向形成の過程と結びつけられていた。そもそも、彼らの通ったパブリック・スクールこそが美しい「生徒間の友情」の名の下に男性同士の同性愛的な結びつきが容認

イヴ・セジウィック
『男同士の絆——イギリス文学とホモソーシャルな欲望』

されてきた場でもあった。一見特に「同性愛」と関係なさそうなディケンズの『デイヴィッド・コパーフィールド』(1849〜50年)でも、主人公のデイヴィッドが性的指向を形成していった過程はちゃんと描かれている。まず、彼は色男スティアフォースに女の子扱いされる(「デイジー」と呼ばれる)。しかし、成長にともなってスティアフォースに対する好意的な感情は薄れていき、敵意を覚えるようになる。つまり、少年時代や学生時代のホモセクシュアルな願望は同性愛嫌悪(ホモフォビア)にすり替えられてしまう。最終的にスティアフォースが死ぬことで、デイヴィッドは成長する。スティアフォースの死はホモセクシュアルな願望の消失を象徴しており、それこそがデイヴィッドの成長として捉えられている(Sedgwick 176-77)。つまり、ホモセクシュアルは少年時代の願望、子供っぽい悪癖としては実質上容認されるものの、その後捨て去らねばならないものという暗黙の了解があるのだ。そこでホモセクシュアルという「危険」な願望はホモソーシャルという「安全」な関係に変わらなければならないのだ。

　『ハリー・ポッター』にも、ホモソーシャルな関係がないだろうか？ジェームズ、ブラック、ルーピンの三人の友情はシリーズを通じて何度も描かれるのだが、特に『不死鳥の騎士団』では女性嫌い(ミソジニー)の要素が加えられる。後にジェームズと結婚し、ハリーの母となるリリー・エバンズは、スネイプいじめをする彼らに楯突くが、ジェームズは「付き合ってくれたら、こいつ［注：スネイプのこと］には二度と呪文をかけないことにしてやろう」とからかう(OP 713)。ジェームズにとってブラックやルーピンとの友情こそが大事で、リリーなど冗談もわからない低級な人としてしか見られていない。このような女性蔑視は男性同士の絆を高級なものとするイデオロギーにつながる。ホモソーシャルの地位を高めることで、その裏に当時

チャールズ・ディケンズ

の社会では口にできないホモセクシュアルな願望を隠蔽する。その意味でミソジニーもホモソーシャルと極めて関係が深い。さらに言えば、後に彼らを裏切ってジェームズとリリーをヴォルデモートに売り渡したピーター・ペティグリューも、学生時代はいつも「ジェームズの尻についていく」存在であり、彼の裏切りは自分の思いが報われなかった腹いせとも考えられる。

　ホモソーシャルを示す代表的な例は、ジェームズとブラックの関係であろう。映画『ハリー・ポッターと不死鳥の騎士団』の一場面は特に印象深い。ダンブルドア軍団を結成したハリーたちが死喰い人たちと戦っている時に、ハリーは死喰い人のひとりと戦うブラックの援護をする。これに対して原作でブラックは「いいぞ！」と言うだけ（OP 708）だが、映画では「いいぞ、ジェームズ！」と言う。しかも、その直後に驚くハリーの表情を映し出しているため、この「勘違い」は特に印象深くなる。つまり、ブラックは常にハリーに父ジェームズの姿を見ていたのだ。この「勘違い」は、監督のディヴィッド・イエーツや脚本のマイケル・ゴールドバーグの単なる「思いつき」とは言えないくらい、原作における彼らの関係をうまく集約している。たとえば、『アズカバンの囚人』の一場面を見てみよう。ハリーの両親を裏切ったペティグリューを捕まえた後で、彼に復讐をしようとするブラックとルーピンをハリーは思いとどまらせる。父の友人を殺人犯にしたくなかったからだろうし、ペティグリューを逮捕させることでブラックの汚名を晴らしたかったからだろう。そこで、ブラックは口を滑らせる。

　　「どういうことになるかわかるか？」トンネルをゆっくり進んでいると、唐突にシリウスがハリーに尋ねた。「ペティグリューを突き出すということが」
　　「あなたは晴れて自由の身になれる」ハリーが言う。
　　「そうだ……。だが、それだけではなくて──誰かが言ったかもしれないが──私はお前の名付け親だ」
　　「知っていますよ」
　　「お前の両親が私を後見人に指名した」シリウスは顔をこわばら

せて言った。「もし彼らに何かあったら……」
　ハリーは次の言葉を待った。シリウスは言ってほしいと思っていることを言ってくれるのだろうか？（PA 407-08）

　もちろん、表情の「こわばり」は、ブラックが取り返しのつかない過去のあやまちを後悔していることを示している。「彼らに何かあったら」と言っても、実際に「何かあった」のだ。彼が「秘密の守人」をやめ、誰もが疑わないペティグリューを「秘密の守人」にさえしなければ、ペティグリューが裏切ることもなかったし、ジェームズとリリーが殺されることもなかった。当然ながら後悔の念はあろう。しかし、続く場面を読むと、必ずしも罪悪感だけが原因ではないように思えてくる。

　「一緒に住みたい？　本気で言っているのか？」
　「もちろんですよ！」
　シリウスのやせこけた顔に初めて真の笑顔が帰ってきたのがハリーには見えた。先程までの顔との違いは歴然としていた。十歳年下の男が飢えた男の仮面をかぶって笑っているようだった。しばしの間、彼はハリーの両親の結婚式で大きな笑みを浮かべていた青年そのものだった。（PA 407-08）

　シリウス・ブラックがハリーを思いやる気持ちには、明らかにジェームズとリリーへの罪悪感と彼らへの深い愛情がある。だが、ここで彼は本当に性愛を超えた愛情でふたりを祝福しているのだろうか。彼はリリーについて語ることはないし、別れ際ハリーに「お前は本当に父親似だ」と言う（PA 447）。ジェームズとリリーというものの、ブラックの中でジェームズの占める度合いが圧倒的に高いのではないかと読者が推測してもおかしくないくらいだ。それに、結婚式で新郎新婦を祝福するということが、ブラックのジェームズへの秘めたホモセクシュアルな願望を否定することにはならない。シェイクスピアのソネットでは、詩人は愛する男性に結婚を勧める。少なくともそういった解釈をすれば、女性は男性を生み出す道具と

してしか考えられておらず、男性同士の絆を描くための言い訳に過ぎないとさえ言える（cf. Sedgwick 33）。もちろん、『ハリー・ポッター』とシェイクスピアのソネットはまったく異なる時代にまったく異なる文脈で生み出されている。しかし、ブラックのジェームズに対する愛情と信頼の深さを考えれば、彼らの関係があまたの文学作品に現れているホモソーシャルな「男同士の絆」に近いと言ってもあながち間違いとは言えまい。確かに、彼らの間にホモセクシュアルな願望があることを積極的に支持する証拠はないかもしれないが、そういった「創造的」な読みを誘う小道具は揃っている。

　このように見ると、「男は男らしく」のイデオロギーが前面に出ている『ハリー・ポッター』にも、そういった伝統的なジェンダー観とは異なる解釈が可能なことがわかる。つまり、多くの「マッチョ」な文学をホモソーシャルな欲望という点から解釈し直せるように、『ハリー・ポッター』もまたホモソーシャルを描く文学の歴史に新たなページを書き加えた。イギリスの多くの学校小説は、こういった「クィア」な読み方によってその世界が広がるという指摘がある（Tribunella 93）。「クィア」という言葉はもともと同性愛者に対する差別語だったが、ジェンダーを「パフォーマンス」だとし、異性愛と同性愛が対立するというような旧来の発想にとらわれない性の捉え方を「クィア理論」と言う。『ハリー・ポッター』にホモソーシャルが現れていることは、この作品が異性愛をベースとしている作品であることと矛盾しないし、仮にその登場人物に秘めたホモセクシュアルな願望があったとして、そのこととも矛盾しない。このように読んでみることは、作品の世界を豊かにし、可能性を広げることになるのかもしれない。

　この章は、もともと「ダンブルドア先生はゲイ」の話をした後、研究室で現在大学院生の志賀奈月美さんがもらしたひとことに端を発していることを告白しておきたい。「原作を読んでいるだけじゃ同性愛かどうかわからないですよね」——このひとことは、ハーマイオニーの「でも私は同意できません」と同じように、教員が考えてもみなかった見方があることを教えてくれた（ちなみに、高校時代にイギリスで1年過ごした志賀さんは英

語がずばぬけてできるだけではなく、現代の日本にハーマイオニーがいればこんな感じかと思えるほど勉強のよくできる学生だった)。私の答えも「原作を読んでいるだけじゃ同性愛かどうかわからない」であるが、「わからない」ことにもちゃんとした根拠があることを伝えたいと思う。

第3章 ハリー・ポッターとヴォルデモートの階級

■ハリー・ポッターと階級

　イギリス文化、イギリス文学を学んでいると、どうしても気になってしまうのが階級の問題であろう。『ハリー・ポッター』もその例に漏れず、既に本邦でも「『ハリー・ポッター』と階級」を論じた、あるいはそれに触れた文章は多く書かれている。

　「階級」などという言葉は何か古めかしく、政治的な響きがあるように聞こえるかもしれないが、少なくともイギリスで"class"（階級）という言葉は今でも普通の会話に登場する。日本からイギリスに留学し、現地の人たちになじむようになって多くの人が驚くのは、"class"という言葉が平気で使われることだろう。日本との違いが新鮮だからだろうか、あるいはイギリスにおいて階級がいまだ生活に根ざしているからだろうか、イギリスが好きな学生、イギリスに住んだ経験のある学生はよく階級を話題にしたがる。それは大学を越えて、世のイギリス文化好き一般に言えることかもしれない。

　『ハリー・ポッター』で特にイギリスらしいところを挙げるなら、ロンとハーマイオニーの階級が彼らの経済的状況と一致しないこと、それに『炎のゴブレット』の屋敷しもべ妖精福祉振興協会（略称S.P.E.W.、映画では省略）設立のエピソードだろう。

新井潤美
『不機嫌なメアリー・ポピンズ』

　映画のイメージに反して、ロンは階級が高いし、ハーマイオニーは高くない。『不機嫌なメアリー・ポピンズ』（2005年）で、新井潤美はイーニッド・ブライトンなどに代表されるイギリスの学校小説と『ハリー・ポッター』を比較しながら、ハーマイオニーが典型的な「ロウワー・ミドルクラス」（中流、庶民、次節で詳述）の登場人物であり、映画で見られる「上品」なイメージでは決してないことを示し、映画で「下品」になっているロンが、確かに経済的には苦しいかもしれないが、実はもっと高い階級、おそらくはアッパー・

ミドルクラス（貴族以下の紳士淑女や金持ちの階級、次節で詳述）以上であることを指摘する（新井210-11）。確かに、イギリス的な意味では、旧家で、官僚一族、子弟を全員名門校に入れられるウィーズリー家の階級は高く、そういった伝統的な家柄ではないグレンジャー家はむしろ金でステータスを買うような低い階級だと考えられるだろう。

ハーマイオニーのS.P.E.W.設立もまたイギリス的だろう。彼女は屋敷しもべ妖精たちが長時間労働をしながらも、それに見合う賃金や休暇を得ていないことに義憤を覚える。

「ここにも屋敷しもべ妖精がいるの？」ハーマイオニーは恐怖に凍り付いた表情でほとんど首無しニックを見つめた。「ホグワーツに？」

「もちろんじゃ」ほとんど首無しニックは彼女の反応に驚いている。「イギリスのどこより多いじゃろうよ。100人はおる」

「でも見たことないわ！」

「だいたいあいつらは日中台所から出ることはないからのう。夜には出てくる、掃除をしたり……暖炉の火の始末をしたり……というか、そもそも屋敷しもべ妖精など顔を合わせるべきものでもないじゃろう。気づかれずに仕事をすることこそ、良い屋敷しもべ妖精の証拠じゃないかね？」

「でも給料は払ってもらっているの？　休暇はあるんでしょう？　病気休暇だって、年金だって」

「病気休暇に年金？　屋敷しもべ妖精がそんなものほしがると思うか？」

ハーマイオニーはまだほとんど手をつけていない皿に視線を落とし、ナイフとフォークを置いて自分から遠ざけた。

「アーマイオニ」ロンは頬張っていたヨークシャー・プディングをハリーに吹きかけてしまう。「あっ、すまん、アリー」と言って飲み込む。「病気休暇なんかあげていたらお前が飢え死にしちゃうぞ」

「奴隷労働よ」ハーマイオニーが鼻息荒く言う。「このディナーは

奴隷労働で作られたのね。奴隷労働で」
　彼女はそれから一口も手をつけなかった。(GF 161-62)

　ここで、屋敷しもべ妖精が召使いとして無償で主人に奉仕することを当然だと考えるほとんど首無しニックやロンと、屋敷しもべ妖精も労働者として労働に見合う収入を得るべきだと考えるハーマイオニーが対比させられる。『映画でわかるイギリス文化入門』(2008年)で、スーザン・バートンは、ハーマイオニーのS.P.E.W.設立とその失敗に触れ、ハーマイオニーに代弁されているミドルクラス的な理想主義と、仕事を見つけられないドビーら屋敷しもべ妖精に代表される使用人階級に対するミドルクラス的な蔑視を見る（板倉他247）。バートンが指摘するほど「使用人階級」の人物が「滑稽」に描かれているかどうかは評価が分かれるところであろうが、労働者の組合を作ろうとするエピソードが児童文学にまで登場すること自体がまさにイギリス的である。もちろん中世にはヨーロッパ各地で労働者の組合（職人組合）が存在していたが、近代的な労働組合が生まれるのは産業革命が起こって新たな労働問題が生まれた19世紀のこと。18世紀末に近代的な労働運動の先駆けと言えるラッダイト運動が起こったのもイギリスだし、19世紀半ばに全世界に先駆けて労働運動をする全国的組織が生まれたのもイギリスだ。もちろん、時代は変わった。マーガレット・サッチャー政権が新自由主義を推し進め、1984年の炭鉱労働者ストライキが失敗に終わり、組合の権威は地に堕ちた。だが、いまなおワーキングクラス（肉体労働者や使用人の階級については次節で詳述）として「労働組合の組合員証を持っていること」を挙げる人は多い。
　このように見ると、『ハリー・ポッター』の世界にはイギリスの階級が色濃く見られるらしいことがわかる。

　第1章で触れた私の英語のクラスでも、学生の石澤みなみさんがこの点に興味を持った。
　高校時代にイギリスで学んだ石澤さんは英語もよくできるが、イギリス文化にも詳しく、当然イギリスの階級にも関心を持っている。ところが、

階級というトピックは人気があり、先に触れた『不機嫌なメリー・ポピンズ』などですでに多くのことが論じられており、新しいことが見つけにくい。だが、今のところヴォルデモートの階級については誰も論じていないことがわかった。そこで、彼女のプレゼンテーションのトピックは「ヴォルデモートの階級」に決まった。

この章では、「ヴォルデモートの階級」を軸に『ハリー・ポッター』のファンタジーを見直すと、イギリスの階級社会がその基盤にあるということを示してみたい。

■イギリスの階級

本題に入る前に、まず「イギリスの階級」についておさらいしておこう。「イギリスの階級」は「『ハリー・ポッター』と階級」以上に論じられることの多いトピックであるから、特に新しい学説を紹介するつもりはない。ここでは、誤解を避けるためにも基本事項を整理しておきたい。

まず、階級とは何だろう？ 日本では「お金持ちかどうか」で判断したり、最近では「セレブ」と呼ばれる豪奢な生活をしているかどうかで判断したりする傾向があるかもしれないが、階級はそれだけで決まるものではない。経済的状況、家柄、社会的地位、権力など様々な要素が絡み合って規定される社会階層なのだ。たとえばサッカー選手デイヴィッド・ベッカムは巨万の富を手にし、「セレブ」な生活を送っているかもしれないが、彼をアッパークラスだと考えるイギリス人はまずいない。

デイヴィッド・ベッカム

階級とは、基本的には経済的、社会的、政治的な力の有無で区分される集団だと言ってよい。ドイツの社会学者マックス・ウェーバーは『経済と

社会』（1922年）で、経済的、社会的、政治的な要素から社会の階層化を説明した（Weber 926-39）。

ウェーバーの階級観を簡単に説明してみよう。19世紀ヨーロッパでは資本主義が発達し、社会が階層化された。王侯貴族などの特権階級と農民などの働く人という単純な区分ではなく、力をつけた市民もいれば、炭坑での「奴隷的」とも言える労働に従事する者も現れた。このような社会の階層化を説明するのに、ウェーバーは「階級」「身分」「党派」という3つの言葉を用いた（英語ではそれぞれ "class", "status", "party"）。この3つの用語は、欧米において「階級」という言葉で説明されてきた様々な概念を整理するのに役立っている。そもそも階級とは、純粋に経済的な利害状況による力の有無だけで決まるものではないからだ（少々ややこしいが、ウェーバーは「階級」を経済的な意味だけに限定して使っている）。何代にもわたって特権的な「身分」にある家系は、経済的な影響力を持つかいなかにかかわらず、名誉を持ち社会的評価を得ている。彼らは社会的威信によって社会の上層部に居続けるだろう。「党派」という言葉は難しく聞こえるが、簡単に言えば何かグループに属することによって持つ政治的な力という意味である。それは政党や圧力団体に限らず、「上流」の人たちが集まるクラブ、フリーメイソン、労働組合などでもよい。

マックス・ウェーバー

ウェーバーの階級論	
階級	市場での経済的利害関係に基づいた区分（金を持っているかどうか）
身分	社会的威信に基づいた区分（いい家柄かどうか）
党派	政治的影響力に基づいた区分（政治的に力のある団体と関係があるかどうか）

イギリスでは、階級は3つないし4つの区分を用いて説明される。すなわち、アッパークラス（上流階級）、ミドルクラス（中産階級）、ワーキングクラス（労働者階級）、またはミドルクラスを2つに分けてアッパー・ミドルクラス（上層中産階級）とロウワー・ミドルクラス（下層中産階級）とする（ちなみに、イギリス英語では名詞の「ミドルクラス」はふつう"middle classes"と複数形で用いる）。王室を頂点とした昔ながらの貴族や特権階級、比較的最近登場した職業の人々、そして昔ながらの特権階級に奉仕してきた人々に分かれると言ってよい。したがって、収入と階級は一致しない。ワーキングクラス出身のサッカー選手が何百万ポンドも稼ぐようになったとしても、それによって彼の家に社会的威信が生まれるわけではないので、ワーキングクラスのままということだ。職業と階級が一致するケースは多いが、階級は経済的な区分だけではないし、しかもイギリスでは階級は何代をも経て固定されると考えられていることから、職業と階級が一致しないケースもある。ワーキングクラス出身の人が幼なじみと結婚し、奨学金をもらって大学を卒業し、研鑽を積んで会社の社長になったとしよう。職業的にはアッパー・ミドルクラスの仲間入りなのだが、配偶者を含めて家柄の社会的威信が急に生まれるわけではないので、「アッパー・ミドルクラス」と認めてもらえるかどうかは怪しいところである。

イギリスの階級

階級	特徴・職業（例）
アッパークラス（上流階級）	王室、貴族などの血筋を引く支配階級（ロイヤル・ファミリー、貴族、高等聖職者など）
アッパー・ミドルクラス（上層中産階級）	貴族ではない紳士淑女階級、高等専門職や高級管理職（財閥、銀行家、弁護士、医師など）
ロウワー・ミドルクラス（下層中産階級）	事務職員や商店主などの「庶民」（サラリーマン、事務員など）
ワーキングクラス（労働者階級）	肉体労働者や使用人（工場労働者、農業従事者、清掃業者など）

　さらに、ヨーロッパ的な意味での階級を語る上で忘れてはならないのは、それがマナーや言葉遣いといった無形の遺産、文化的な遺産によって支え

られているということである。だからこそ、経済的な地位の移動が可能になりつつある現代でも階級の移動は簡単ではないし、階級は残り続けるのだ。階級独自の文化的な遺産は物質的に受け継がれていくだけでなく、小さい頃からのたしなみとして受け継がれていくため、経済的状況がよくなったからといって急に獲得できるわけではない。この文化的な遺産をフランスの社会学者ピエール・ブルデューは「文化資本」と呼び、階級を固定化させる要因として経済的資本よりも重視した。

ブルデューの文化資本	
身体化された文化資本	言葉遣い、訛り、マナー、文化的素養、美的嗜好、趣味などの習慣的行動を生むもの
客体化された文化資本	絵画、彫刻、楽器、骨董品、蔵書などの文化財
制度化された文化資本	学歴、教育資格などの制度的な保証のあるもの

　文化資本には、身体化された文化資本（ハビトゥス）、客体化された文化資本、制度化された文化資本の3種類がある（Bourdieu 1986: 84）。

　身体化された文化資本とは、言葉遣い、訛り、マナー、文化的素養、美的嗜好、趣味などの習慣的行動を生むものである（*Ibid.*, 85-87）。ヨーロッパではこういった無意識的な習慣的行動がチェックされ、選抜の基準となる。「アッパー」なクラブに入会したり、それに見合う職業に就いたりするには、アッパークラス的素養やマナーを持っていることが大事だ。

　ブルデューはフランスにおいて音楽の好みが階級に呼応することを指摘した（Bourdieu 1984: 3-9ff.）。音楽は抽象性が高い分、小さい頃から聞き慣れていて、その良さがわかる美的センスを体得しているかどうかがその趣味にはっきりとあらわれる。クラシック音楽を聴くのがアッパークラスで、ロックやR&Bを聴くのがワーキングクラスだ、などという単純な話ではない。ブルデューは、同じクラシック音楽でも、バッハの「平均律クラヴィーア」を好むか、リストの「ハンガリー狂詩曲」を好むか、ヨハン・シュトラウス2世のワルツ「美しく青きドナウ」を好むかで、学歴や階級が見えてしまうというのだ。「平均律クラヴィーア」のような（一般には必ずしも知られていなくても）古典的作品、いわば「正典（キャノン）」をよいと答えるには

音楽的素養が必要だろう。一方、「美しく青きドナウ」は誰もが耳にしたことがあってわかりやすい。ミドルブラウな「ハンガリー狂詩曲」も大衆的な「美しく青きドナウ」もアメリカのアニメ『トムとジェリー』（1940年〜）で使われているが、私の知る限り「平均律クラヴィーア」は使われたことがない。難しく、大衆向けではないからだ。ブルデューの調査結果を見ると、「平均律クラヴィーア」を好む人は教養のある高い階級の出身者が多く、「ハンガリー狂詩曲」、「美しく青きドナウ」と続き、音楽の好みと教養・階級に相関関係が見られることがわかる（*Ibid.*, 8-9）。

　しかし、イギリスの階級を知るのに、音楽の趣味よりも手っ取り早いのは言葉かもしれない。アイルランド出身のイギリスの劇作家バーナード・ショーは「イギリス人は、相手から嫌みだと思われるか、軽蔑されることなくしゃべることができない」と言ったが、これは話せばすぐにその人の階級がばれてしまうという意味だ。この事実は、近年のベストセラー『イギリス人ウォッチング』（2004年）でも検証されている。バーナード・ショーの戯曲『ピグマリオン』（1912年）を原作とするミュージカル映画『マイ・フェア・レディ』（1964年）では、言語学者ヒギンズ教授が「訛りを直せば花屋の娘もアッパークラスとして通用する」として、友人のピカリング大佐と賭けをする。訛りと階級はそのくらい結びついているもので、イギリス人は概して発音に敏感である。ロンドン西部生まれのアーティスト、リリー・アレンがイーストエンドの下町訛りのコックニーに似せて発音したときでさえ、「モックニー」（「偽物の」というmockとCockneyをかけた造語）と言われるくらいである。

　客体化された文化資本とは、絵画、彫刻、楽器、骨董品、蔵書などの文化財を指す（Bourdieu 1986: 87）。制度化された文化資本とは、学歴、教育資格などの制度的な保証のあるものを指す（*Ibid.*, 88）。この二者も階級の固定化には役立っている。客体化された文化資本は経済的資本であることも多いし、また文化的素養を相続させるのに役立つ。つまり、身体化された文化資本を持っていることは筆記試験でも有利に働き、そのことが制度化された文化資本の取得につながり、資格が就職に直結することから経済的資本の獲得につながる。日本ではいまだに短答記述やマークシート方式

の「客観式」の試験が多いが、ヨーロッパでは中等教育（日本で言う中学、高校）修了の段階から試験といえば論文が主流である。ブルデューは、受験生の言葉遣いが論文の評価にいかに影響してしまうか、そしてその採点基準が特定の階級にいかに有利に働いているかを指摘した（Bourdieu and Passeron 8）。もちろん、これはイギリスでも同じである。日本の「客観式」の試験が受験テクニックを知る者に有利に働くとすれば、イギリスの試験制度は文化資本を持つ者、階級の高い者に有利に働くとさえ言える（竹内176-77）。

　イギリスの階級は、お金を持っているかどうかで決まるものではない。お金、家柄、団体への所属といったもので決まり、有形、無形の文化的遺産を通じて固定されていく。『ハリー・ポッター』の階級を考えるには、まずこの作品がこういった文化の中で生まれたものだということを確認しておく必要があろう。

■ヴォルデモートの階級コンプレックス

　では、『ハリー・ポッター』の大悪党ヴォルデモートはいったいどういう階級に属していると考えられ、そのことが『ハリー・ポッター』の物語にどんな影響をもたらしているのだろう。ここでは、石澤さんのヴォルデモートの階級意識（階級コンプレックス）についての発表、そしてエッセイを紹介しながらこの問題を考えてみたい。石澤さんの発表を紹介する際に、資料の援用を追加するなど構成を若干変えていることを断っておく。

　悪者ヴォルデモートことトム・マールヴォロ・リドルの意識を調べると、『ハリー・ポッター』が階級についてのコンプレックスをめぐる物語でもあることがわかる。ヴォルデモートは、自分がそう見せたいほど高い階級にいない。にもかかわらず、孤児院で育った彼にとって自分が由緒ある家柄で高い階級にいることはとても重要なのだ。そしてこの劣等感こそが、彼を悪に駆り立てる要因のひとつとなっている。

ヴォルデモートはアッパークラスではあるものの、非常に危うい立場である。

ヴォルデモートの母メロービー・ゴーント——日本語ではこう表記されるが、英語でMeropeは「メ」を強く読み、[ロー]は伸ばさず非常に弱い音になる——は、ホグワーツ設立者のひとりサラザール・スリザリンの末裔で純血であるから、魔法界の基準では「アッパークラス」と言ってよい。しかし、メロービーの少女時代に既にゴーント家はかなり没落している。ヴォルデモートの生い立ちを知るべくハリーとダンブルドアは魔法警視庁のボブ・オグデンの記憶をたどる。オグデンは、マグルに対して魔法を使った嫌疑でメロービーの兄モーフィンに出廷を命じるためにゴーント宅を訪れる。オグデンの前に現れたメロービーの父マールヴォロは、以下のように描かれる。

発表する石澤さん

> 「貴様など招いておらん」
> 　彼らの前に立ちはだかった男は、ぼさぼさの髪があまりに汚れていて何色かもわからなくなっていた。歯も何本か抜けている。小さく黒いふたつの目は反対側を向いている。コミカルに見えてもおかしくなかったが、そうは見えなかった。その容姿には、相手を脅かすような効果があった。オグデンは口を利く前に後ずさりしてしまったが、ハリーは彼が臆病だとは思わなかった。(HP 240)

この描写では、ゴーント家はとても名家の末裔には見えない。むしろ、その貧しさや狂気が強調されている。この組み合わせは、物語が進むにつれますます奇妙になる。

> 　家には小さな部屋が3つしかないようだった。2つのドアが、キッ

> チンとリビングを合わせたような一番大きな部屋につながっていた。モーフィンはくすぶる暖炉のそばで薄汚れた肘掛け椅子に座り、ずんぐりした指に毒蛇を絡ませ、パーセルタングで優しく歌いかけていた。(HP 243)

パーセルタングとは蛇の言葉である。スリザリンの血を引く者が遺伝的に理解能力を備えていることから、この言葉を使いこなせることは高貴な生まれの証なのだ。にもかかわらず、ゴーント家は経済的に苦しく、生活はすさんでいる。モーフィンを連行しようとしたオグデンに、マールヴォロは怒りをあらわにする。

> ゴーントは怒りの叫びを上げ、娘に駆け寄った。彼の手がメローピーの喉元に伸びたとき、ハリーは即座にゴーントが娘を絞め殺すかと思った。次の瞬間、彼は娘を金の首飾りで引っ張ってオグデンの前に差し出した。
> 「これが見えるか？」彼はオグデンに怒鳴った。息苦しくて口から泡を飛ばしてあえぐメローピーを尻目に、オグデンの目の前で重い金のロケットをちらつかせた。
> 「見えます、見えますよ！」オグデンは慌てて言った。
> 「スリザリンのだ！　サラザール・スリザリンのだ！　わしらは生存する最後のスリザリン家の末裔なのだ！　文句があるか！」
> （HP 247）

この物腰はアッパークラスとは程遠い。確かに家柄は申し分なく高いのだが、既に没落した家柄と代々受け継いだ能力以外に頼るものがなくなったと言ってよい。

メローピーのリドル家との婚姻によっても、その名声や威信が回復することはない。リドル家はおそらく非魔法界ではアッパークラスかとても裕福なアッパー・ミドルクラスなのだが、そもそも魔法界でマグルは階級制度の外側に置かれているような存在でしかないからだ（次節で詳述）。リド

ル家はゴーント家と対照的に描かれ、トムはアッパークラスらしく乗馬を趣味としているようだ（HP 253, 255）が、非魔法界でさえもその立場は胡散臭い。

> 誰ひとり彼らの死を悼むふりをして無駄に溜息をつくものはいなかった。というのも、リドル家はいちばんの嫌われ者だったからだ。リドル夫妻は裕福で鼻持ちならず横柄で、息子のトムは両親にもましてそうだった。（GF 7-8）

この記述はリドル家の階級を示すものではない。アッパークラスにもアッパー・ミドルクラスにも横柄な人はいるだろう。しかし、親族も味方もおらず、高慢なだけの裕福な家庭は、少なくともイギリス文学の基準では典型的なアッパークラスの設定ではない。ましてや、魔法の使えないマグルは魔法界では階級制度にも入らない存在である。マグルが彼らの世界で裕福であるかどうかなど、魔法界の階級制度には関係がない。したがって、ヴォルデモートは没落して最下層に落ち込んだ貴族の末裔が生んだ非嫡出子のようなもので、彼が貴族の血筋を引いていても、このままではかつての栄光を取り戻すことはできない。

アッパークラスであるという自負と、孤児として施設で育ったという劣等感やマグルであった父への恨みがヴォルデモートの「純血至上主義」の原点でもある。魔法界には、魔法使いだけの「純血」、「マグル」ながら魔法を使う「マグル生まれ」、そしてその「混血」という3つの区分がある。「純血」を重んじたスリザリンは「ホグワーツへの入学許可の基準をもっと厳しくすべき」で、「魔法教育は魔法使いの家系の子弟のみに限るべき」と考えていた（CS 164）。実際には純血ではないものの、この「純血至上主義」こそ、決して環境がよいとはいえない（ジン浸りの保育士がいるような）孤児院で暗い子供時代を送ったヴォルデモートに、誇りを取り戻す最大の機会を与えてくれたものだ。感情を見せない少年時代の彼が感情的に発言する（感嘆符のつけられたせりふを言う）のが、精神病院に連れて行かれると思って拒否したときと、ホグワーツ入学を快諾するときのたった2回

だけというのも象徴的だろう（HP 320, 322）。彼は幼少期より気位が高く、辱めを受けることを強く嫌い、自分を権威付けしてくれるものを希求していたのである。

　このようなヴォルデモートの階級コンプレックスは、彼が自らに与えた呼び名「ヴォルデモート卿」（Lord Voldemort）にも反映されている。この名前はマグルである自分の父親の名を隠すためにTom Marvolo Riddleを並び替えて作ったものだが、それだけが目的ならばたとえばドリマール・ヴォルデモート（Dorimal Voldemort）でもよかったはずである。彼はあえてLordという尊称を入れているが、これは男爵以上（通例男爵）の永代貴族に与えられるものである（一代限りの騎士号であるSirやDameは姓ではなく必ず名のほうにつく）。男爵（Baron）は公爵、侯爵、伯爵、子爵に次ぐ爵位であるが、「闇の王」「冥王」という意味でしばしば使われてきたDark Lordという言葉との相性の良さからLordが使われたのかもしれない（余談ながら、『指輪物語』のサウロンは「モルドールの冥王」（Dark Lord of Mordor）ではあっても「サウロン卿」（Lord Sauron）とは名乗っていない）。いずれにせよ、ヴォルデモートは自らを「混血の王子」に仕立て上げ、権威づけようとした（HP 750）。そこには、彼の階級コンプレックス、自分が君臨できたかもしれない貴族階級への憧れが鬱屈したかたちで現れている。

　このように見ると、ヴォルデモートは単なる「悪の権化」ではない。彼の階級コンプレックスを見抜いてこそ、『ハリー・ポッター』の世界観やそれを創り出したイギリス文化がよりよくわかるとさえ言える。

　石澤さんの発表はとてもよくできていたし、おそらく「階級」について考えたことのなかった多くの学生に考えるきっかけを与えたであろう。

■マグルと魔法界の階級

　石澤さんの発表に、大学院生の志賀さん（第2章参照）から「ヴォルデモートはどの階級にいると考えられるのですか？」という質問があった。

質問する志賀さん（左）

この問いは、「魔法界においてマグルの階級をどう考えたらよいのか」あるいは「魔法界におけるマグルの位置づけは、現実（のイギリス）におけるどういう人々の位置づけに近いのか」という、『ハリー・ポッター』を読み解く上でとても重要で、本質的な問題でもある。これがわかれば、ヴォルデモートのコンプレックスの強さも理解しやすくなるだろう。

　ここでは、『ハリー・ポッター』の魔法界におけるマグルの位置づけを、宗教と民族性という観点から考えてみる。前節で「マグルは階級制度の外側に置かれている」と述べたが、彼らは特定の階級を代表するとは考えられていない。ヴォルデモートはサラザール・スリザリンの「純血至上主義」を蘇らせ、マグル生まれを殺しはじめるが、イギリスにおいて特定の階級が別の階級を迫害したり、殺したりするなど考えられない。アッパークラスは使用人を含めたワーキングクラスがいないと困るわけで、ヴォルデモートの「純血至上主義」はイギリスの階級の比喩として成立しないのだ。一方で、特定の宗教の信徒や民族が迫害を受けたり、自民族至上主義者によって殺されたり、といった事件は歴史上いくらでも思い出せるだろう。マグルは魔法界の階級に入れられていない異教徒、異民族として捉えられているのだ。

　マグルは宗教の異なる異民族による迫害のように捉えられている。『秘密の部屋』で、サラザール・スリザリンの後継者だけが開けられる「秘密の部屋」についての噂が起こったとき、魔法史のビンズ先生は生徒にこう説明する。

　　「みな知っているとは思うが、ホグワーツは千年も前に──正確な年代は特定できておらんが──当時最も偉大な4人の魔法使いによって設立された。4つの学寮は、ゴドリック・グリフィンドール、

ヘルガ・ハッフルパフ、ロウィーナ・レイブンクロー、サラザール・スリザリンという4人の創立者の名前にちなんでつけられている。この城を詮索好きなマグルの目の届かぬ場所に築いた。当時、魔法は彼らに恐れられ、魔法使いは迫害を受けていたのじゃ」

　ビンズ先生は話を止め、教室をぼんやり見渡した。「しばらくの間、創立者たちは仲良く協力し、魔法使いの素質を見せる若者たちを探し、城に招き入れて教育を与えていた。ところが、意見の相違が生まれた。スリザリンと他の3人の間の溝が深まっていったのじゃ。スリザリンはホグワーツへの入学許可の基準をもっと厳しくすべきだと考えておった。魔法教育は魔法使いの家系の子弟のみに限るべきだというのじゃ。マグルの親から生まれた子供は信頼できんと言って、そういった子らを受け入れるのが嫌いじゃった。しばらくして、この件でスリザリンとグリフィンドールの間でひどい口論があって、結局スリザリンはホグワーツを去ったのじゃ」（CS 164-65）

　この「マグルによる魔法使いの迫害」とそれによる信頼性の欠如、魔法界における「純血によるマグル生まれの迫害」を考え合わせると、イギリス文化におけるユダヤ人の位置づけを思い出させる。ユダヤ人にも迫害者と被害者としての側面——イエスを迫害し、銀貨と引き替えに売り渡した民族、および帝政ロシアのポグロムやナチス・ドイツのホロコーストによって虐殺された民族——があるからだ。

　もちろん、『ハリー・ポッター』におけるマグルとイギリス文学におけるユダヤ人のイメージはずいぶん異なる。イギリス文学におけるユダヤ人のステレオタイプは、悪魔的な人物と強欲な高利貸しである。『カンタベリー物語』（1387?-1400年）の「女子修道院長の話」に出てくるユダヤ人（キリスト教徒の少年を殺す悪魔）、『マルタのユダヤ人』（1590年）のバラバス（復讐のために大虐殺をする高利貸し）、『ヴェニスの商人』（1594-97?年）のシャイロック（私利私欲のため、そして侮辱された腹いせにキリスト教徒の命を要求する高利貸し）などが代表例だろう。もっと新しい例では『オリヴァー・トゥイスト』（1838年）のフェイギン（身寄りのない少年た

ちの窃盗団を指揮して金品をあさる悪党）も有名だ。最近ではユダヤ系の観客に配慮した「政治的に正しい」タイプの映画化が多く、アル・パチーノがシャイロックを演じたアメリカ映画『ヴェニスの商人』（2004年）、ベン・キングズレーがフェイギンを演じたイギリス映画『オリヴァー・トゥイスト』（2005年）といった作品に慣れていると、原作を読んでびっくりするという感想をよく耳にする。強欲で良心のかけらもなく悪魔的、そのうえ卑屈で人間的魅力に欠ける類型

『オリヴァー・トゥイスト』挿絵のフェイギン

としてユダヤ人は描かれてきた。こういったイメージはマグルにはない。

　だが、歴史的な背景がどことなく似ているのだ。イギリスでは、ユダヤ人は少なくともごく近代になるまで階級制度の外側にいた。イギリスでは13世紀にエドワード1世がユダヤ人を国外追放して以来ユダヤ人の入国を許さず、入国を黙認したのは彼らの経済力が無視できなくなった17世紀であり、その際でもキリスト教への改宗を強要することも横行していた。『ヴェニスの商人』のシャイロックは裁判の最後で「慈悲」として「キリスト教徒に改宗する」機会を与えられる（4幕1場383-84行）。そして改宗者には成功者もいた。12歳でイギリス国教会に改宗したディズレイリは、1868年にイギリス史上初の——そして2011年現在までたったひとりの——ユダヤ人首相となった。1876年にはビーコンフィールズ伯爵となり、アッパークラスの仲間入りを果たす。限られたかたちではあるが、イギリス社会に同化でき、階級社会の上層部に駆け上がったのだ。ハリーの母

ジョン・テニエル画「ヴィクトリア女王に贈り物を渡すディズレイリ」

リリー・エバンズはマグルの生まれであるが、そのことによって彼女の夫ジェームズの立場が悪くなったとは考えられていない。これを踏まえると、マグルであっても魔法が使え、魔法界の法を遵守し、同化する者は──「汚れた血」（Mudblood）という罵声を浴びせられることはあっても──その世界に入る可能性が残されている越境者なのであり、その意味においてイギリスにおけるユダヤ人とも似ている。

　このように考えると、「純血至上主義」のような思想にかぶれたヴォルデモートが、自らがマグルの血を受け継いでいるということに強烈なコンプレックスを抱いていたことは想像に難くない。これは「ヒトラー＝ユダヤ人」という俗説と同じくらい（不謹慎ではあるが）心理学的興味を刺激する。反ユダヤ主義者がユダヤ人の血を受け継いでいることを知ったようなものである。ユダヤ人大虐殺を指揮したアドルフ・ヒトラーが甥のイギリス人ウィリアム・パトリック・ヒトラーに「あなたの本当の祖父がユダヤ人だとばらすぞ」と脅迫を受け、実態を極秘裏に調査させたことは比較的知られている。「ヒトラー＝ユダヤ人」説は科学的に否定されているが、もし彼にユダヤ人の血が入っていたとして、それに気づいていたとしたら、彼は現実にそうであった以上に屈折したに違いない。それくらいヴォルデモートは屈折していたということである。

■メローピーの決断

　ここでひとつ疑問が生じてくる。メローピー・ゴーントは、魔法界で社会的地位の低いただのマグルであるトム・リドルとなぜ結婚したのか。メローピーが不器量でトム・リドルが器量のよいことは描かれている（HP 253, 315-16）が、それだけが理由なのだろうか。むしろ、将来の息子が取り戻したがることになるアッパークラスの旧家の誇りを自ら捨て、魔法界の階級社会から抜けだそうとする意図的な行動だったのではないか。

　『謎のプリンス』で、ダンブルドアはゴーント家に見られる狂気をこのように分析する。

> マールヴォロ、その息子のモーフィンと娘のメローピーはゴーント家の最後の生き残りじゃ。ゴーント家はとても古い魔法使いの家柄で、いとこ婚の習慣が何世代も続いたせいで情緒不安定と暴力性の血が濃くなっておる。無分別なうえに豪勢な生活を好むもんで、一族の財宝はマールヴォロが生まれる前に何世代にもわたって浪費されておった。そしてマールヴォロはみじめで貧しい家に残された。受け継いだのは、短気な性格、ありあまるほどの高慢さ、息子と同じくらい──娘よりずっと──大切にした残り少ない家宝くらいじゃろう。（HP 252-53）

ヨーロッパの貴族の家系において何世代にもわたる近親婚が見られることは少なくない。社会的威信を守り、外戚により家の富が減ることを防ぐためである。ところが、この近親婚が血友病の遺伝をはじめ、精神的・肉体的に悪影響をもたらしたこともよく知られている。ハプスブルク家のケースが最も有名（悪名高い）だろう。ここでは「ゴーント家の悪い遺伝子が濃くなった」という意味で用いられているだけだが、ゴーント家の近親婚は貴族階級の風習を思い出させる。アッパークラスのネガティヴな要素がすべて凝縮されたような一節だ。この家庭でどうやら大切にされていないらしいメローピーは、父と兄が逮捕されて自由になると、トム・リドルを媚薬でたらしこんで結婚に応じさせたと推測されている。ダンブルドアは言う。

> いずれにせよ、わしらが見たさっきの出来事から数ヶ月後に、リトル・ハングルトンの村に噂がわくことになる。村の名士が浮浪者の娘メローピーと駆け落ちしたのじゃから、どれだけ噂になるか想像できるじゃろう。（HP 254）

ここで面白いのは、ダンブルドアが──おそらく彼らしい現実主義で──非魔法界の基準でメローピーの置かれた状況を見ているということであろう。

ゴーント家は魔法界の旧家である。しかし、非魔法界の基準でいえばただの「浮浪者」に過ぎない。メローピーはそのことに気づいていたからこそ、マグルであるトム・リドルとの物質的に豊かな生活を選んだのではないだろうか？　彼女は最終的に媚薬を使うことさえ拒んでリドルに捨てられ（HP 255-56）、自らの健康状態を保とうとさえせずに出産の際に命を落とす。最後の遺産であった魔法でさえ捨てたのである。

　ヴォルデモートの階級コンプレックスと異なり、その母メローピーの決断はそれほど「イギリス的」には見えないかもしれない。しかし、階級社会が厳然と存在しているからこそ、階級の維持と経済的状況の改善をめぐる葛藤も、「身分違いの恋」もイギリス文学の主題として存在する。

　たとえば、ジョージ・エリオットの『ミドルマーチ』（1871〜72年）では、理想に燃える医師リドゲイトは金銭に困っており、アッパークラスの生活に憧れる新興成金のヴィンシー家の若い娘ロザモンドにころりと落とされてしまう。このモチーフはヴィクトリア朝を舞台にした実験小説『フランス軍中尉の女』（1969年）でも活かされており、主人公のチャールズが成金の娘アーネスティーナと婚約しているという設定で物語が始まる。

　「身分違いの恋」を、おもしろおかしく、「イギリス的」に描いたといえば、アイルランドの劇作家シェリダンの『恋がたき』（1775年）かもしれない。莫大な財産を継ぐアッパークラスのリディア・ラングウィッシュが退屈な上流の生活と凡庸な結婚に憧れを抱けず、容姿端麗な下級士官と駆け落ちしようとする。一方で、イギリスの小説家E・M・フォースターの『ハワーズ・エンド』（1910年）では、アッパー・ミドルクラスで進歩的な考え方の娘ヘレン・シュレーゲルが最下層のロウワー・ミドルクラスのレナード・バストと祝福されぬ恋仲となり、レナード・バストは息子の顔を見ることなく命を落とす。最近の例ならイアン・マキューアンの『贖罪』（2001年）を挙げてもよいだろう。

　いずれのケースもメローピーと同じではない。かといって、彼女の決断がイギリス文化や社会とまったくかけ離れた想像の産物ではないことも覚えておいてほしい。

『ハリー・ポッター』の世界にはイギリスの階級社会が映し出されている。そこにときには民族や宗教といった要素が加えられたり、誇張されていたりする。だが、強力で極悪の魔法使いヴォルデモートに階級にこだわる弱さを見つけ、何もできずに器量も悪かったメローピーに階級を捨てる勇気を見出すと、『ハリー・ポッター』がよりいっそう人間的に思え、面白くなるかもしれない。

第4章 ハリー・ポッターとルーピン先生の病気

■隠喩としての狼男

『ハリー・ポッター』を読んでいてずっと気になっていた人物のひとりがルーピン先生である。「狼男」という言葉から連想される強いイメージはなく、むしろ紳士的で、ハリーに対する態度には母性的なものさえ感じられる。しかも「狼男」は薬によって治す病気のように捉えられていて、その病気が発覚するとホグワーツを追い出される。私は小さい頃病気になると、周囲が「うつされたら嫌だな」と思っているのではないかと考え、他人の目が怖かった覚えがあり、ルーピン先生が感じているはずの疎外感が伝わってくるような気がしていた。

このことは私の中で明確につながりはしていなかったのだが、直感的に「病気」に関するいくつかの著述と照らし合わせてみたいという気持ちがあった。

たとえば、アメリカの批評家スーザン・ソンタグの『隠喩としての病』(1978年) と『エイズとその隠喩』(1989年)。あるいは、フランスの哲学者ミシェル・フーコーの『狂気の歴史』(1961年)。

『隠喩としての病』は、結核、癌、ペスト、ハンセン病といった特定の病気にまつわる神話を論じたものである。そもそも西洋には病を神の罰として考える傾向が強く、そういった道徳的解釈はキリスト教の登場によっても弱まることはなかった。結核が過度の情熱によってもたらされ、道徳的堕落の懲罰が視覚的にも現れるペストやハンセン病だという解釈である。結核がロマンティックな病気とされ、19世紀以降神話的な小道具として使われたことは有名だ。薄幸のヒロインたち——たとえば『椿姫』(1848年) のマルグリットやプッチーニの歌劇『ラ・ボエーム』(1896年) のミミ——は結核に冒され、愛を諦めて美しくなり、霊的な性質を獲得して美しい死に至る。一方で、目に見える腫瘍が必ずしも見

スーザン・ソンタグ
『隠喩としての病／エイズとその隠喩』

せたいと思わないような場所にでき、患者に七転八倒の苦しみを与える癌はまったくロマンティックなところがない。詩人キーツ、小説家エミリー・ブロンテ、映画監督ジャン・ヴィゴのような夭逝した天才の死因が結核であることを覚えている人は多いが、同じく夭逝した天才詩人アルチュール・ランボーの死因が癌だということを覚えている人は少ない（Sontag 50）。『エイズとその隠喩』では、エイズに議論が及ぶ。エイズは、同性愛者への偏見や、アフリカの人たちに対する偏見とも結びつけられた。

果たしてルーピン先生の病はどういった神話を伴っているのだろうか。

一方、『狂気の歴史』では、フーコーは「大いなる監禁」の起こった古典主義時代（17〜18世紀）を中心に、ヨーロッパで「狂気」がどのように考えられていったのかを論じている。フーコーによれば、ヨーロッパ人たちは狂気を神の存在の証として、なんとか比較的仲良く共存してきたのだが、古典主義時代には狂気を抹殺しようとする動きがはじまる。理性が崇拝され、その価値観に反するものを歴史の表舞台から消し去るため、彼らが「狂人」と判断した人々を閉じこめ、監禁したのだ。古典主義時代には世界を「理性」（仏 raison）と「狂気（＝非理性）」（仏 déraison = dé-raison）という対立で捉えるようになり、「狂人」の「動物性」を「人間性」に高めるのではなく、彼らを完全に監禁される動物にして人間性をなくしてしまうことで「非理性的なもの」の存在を消そうとしたのだ（Foucault 1961: 267-68, 165-69）。

フーコー『狂気の歴史』

「大いなる監禁」の記述の正確さを含め、この著作に多くの批判があることは確かだ（e.g. Windschuttle 1998）。しかし、フーコーが紹介した様々な「狂気」観は、「動物になる人間」の「狂気」を理解するヒントを与えてくれるかもしれない。

たまたま授業前に教室に来ていた学生の林賢蔵君になんとなくルーピン先生の「病気」の話をしたら、興味を持ってくれた。林君は高校時代にフランスで学んだとはいえ、幼少期から各国を転々とした帰国生でもないの

に、母語を含めて5カ国語（日本語、英語、フランス語、ドイツ語、ポルトガル語）が話せるとても希有な学生だ。病気だとか他人が覚える痛みなどに敏感なところがあり、ちょうど発表のテーマも決まっていなかったので、もしかしたら関心があるかと思って話してみたのだった。授業で発表の題材を決めるとき、先行研究や資料があるものや発表がまとまりそうな見込みのあるトピックを選ばせることが多い。専門のゼミではなく、英語の授業だし、これから研究者になる大学院生を教えているわけでもない。だから、自分が調べてみようと思っていたことを調べようとする学生がいたのは、望外の喜びだった。林君はペンギン版の『隠喩としての病／エイズとその隠喩』を借り、発表の準備に取りかかった。

　本章では、林君の発表を出発点としつつ、ルーピン先生の病気がどう描かれているかを分析することで、『ハリー・ポッター』の世界がどのような現実を映し出しているか考えてみたい。ルーピン先生の病は西洋社会において「悪」と見なされてきたような病と結びつけられており、そしてそれを排除する魔法界にはある種の「健康信仰」が見られるとも言えるからだ。

■狼男という病

　では、林君の発表およびエッセイを紹介しよう。林君は発表の際に私の同僚のニーナ・ペトリシェヴァ氏からコメントをもらい、エッセイで一部大きく加筆修正した。ここではエッセイをもとにし、適宜一次資料や二次資料の引用を付け足し、若干構成に手を加えていることを断っておく。

　『ハリー・ポッター』では、ルーピン先生の状態（狼男であること）を病のように扱っている。それは単に狼男の病気「人狼症」を薬で治そうとしているように、「病気」や「治療」という言葉が出てくるからだけではない。病は文化独特の神話や意味体系を作り出し、それによって患者に対する差別が生まれたりする。『ハリー・ポッター』はそういった文化・社会的な部分まで再現することで、我々の差別意識を告発しているとも考えられ

る。ここでは、特にハンセン病との関連で考えたい。

　狼男にはヨーロッパだけでも様々な民間伝承があり、その記述は古代ローマのオウィディウスの『変身物語』やプリニウスの『博物誌』にまで遡れるが、『ハリー・ポッター』では狼男に噛まれることによって感染する病気で、満月の時に本人の意志に反して狼に変わるとされている。この点で、自らの意志で動物に変身することができる「動物もどき」(アニメーガス)とは異なっている（映画ではハーマイオニーがはっきりと説明しているのでわかりやすいが、原作では断片的な情報から類推できる。cf. PA 83-84）。

発表する林君

　『不死鳥の騎士団』では、蛇に襲われたロンの父が入院するのだが、その際に狼男に噛まれた患者との様子が対比させられている。血が吹き出してくるので絆創膏が取れないものの、ウィーズリー氏はいかにもイギリス的なユーモアをもって受け答えをしている。

　　「ああ、絆創膏を取ろうとすると血が狂ったみたいに吹き出してくるんだよ」とウィーズリー氏は明るく言い、キャビネットのそばに置いてあった杖を取って振り、全員がそばに座れるよう6つの椅子を出した。「どうやらあの蛇には奇妙なタイプの毒があったようで、傷口が閉じないんだ。まあ、先生たちが解毒剤を見つけてくれるよ。お父さんよりもっと悪い患者はいくらでもいるしね。その点、お父さんは1時間おきに血液補給薬を飲んでいればいい。そこにいる患者なんてね」と声をひそめ、向かい側のベッドに顔を向けた。そこには、青い顔をして具合が悪そうに天井を見つめている患者がいる。「かわいそうに、狼男に噛まれたんだ。治癒の見込みはない」
　　「狼男？」驚いてウィーズリー夫人が言う。「大部屋にいて大丈夫なの？　個室に隔離しなくていいの？」（OP 431）

人狼症は、症状を弱めることはできても完全な治癒ができない病気とされているのだ。血が吹き出て止まらない原因不明の病気よりも恐ろしく、隔離の必要な病気として広く恐れられている。もちろん、ウィーズリー氏が夫人をなだめて言う通り、人狼症は発症しない限り安全なのだが、「個室に隔離しなくていいの？」という恐怖心を引き起こす病として描かれているのだ。

狼男は狼に変身するという意味で目に見えてはっきりとわかる「他者」であり、こういった種の「他者性」は恐怖を生む。「異形」の持つ他者性に対する恐怖は多くの文化に見られる。文化人類学者メアリー・ダグラスは異例なるもの――アノマリー――目に見えてわかる身体的障害をもって生まれた赤ん坊や双子を含む――に対する恐怖が生理的なものであることを確認したうえで、既成の社会的秩序が乱れないようにその異例なるものを処理するために人間社会が編み出した方法を紹介する（Douglas 47-50）。異形を引き離すのは「未開文化」に特有の傾向ではなく、近代西洋も同じである。19世紀の科学、とりわけ法医学や人類学は、「狂気」のような目に見えない「異常さ」を脳の容積の違いやその収縮具合などでなんとか可視化しようとした（Gilman 26-32）。理解できない他者性を排除する論理は、社会秩序の維持という観点から、異世界を拒否し、確固たる自分たちの世界を持ちたいという欲求から生まれ、程度の差こそあれ普遍的に見られる（cf. Douglas 196-97）。病気や障害に対する理解が深まった現代でも、その他者性を受け入れるのが難しいのはこのためでもある。

『ハリー・ポッター』における狼男は、他者といっても恐ろしい力を持った怪物ではなく、むしろ忌み嫌われるもの、不浄なものとして描かれている。その意味で、神の使者や悪魔の手先のような「絶対的な他者」ではなく、社会から偶然生み出されてしまった「異形」、「排除しなければなら

コメントするペトリシェヴァ氏

ない他者」のように見える。既にその言動からルーピンが狼男だと気づいていた（PA 175）ハーマイオニーは、彼が（まだハリーたちが裏切り者だと思っている）シリウス・ブラックの仲間だとわかったときに正体をばらしてしまう。

　「先生を信じていたんですよ」ハリーはルーピンに怒鳴った。声は震えて抑えられなくなっている。「なのに、ずっと先生はあいつの味方だったんだ！」
　「それは間違いだ。12年間シリウスとは縁を切っていた。だが、いま……ちょっと説明をさせて……」
　「ダメよ！」ハーマイオニーが叫んだ。「ハリー、信じちゃダメ。先生はブラックがホグワーツに侵入する手助けをしたの。それにあなたの命も狙っている――だって狼男なのよ！」
　その場が水を打ったように静まりかえった。全員の視線がルーピンに注がれた。彼はいたって平静を装ってはいたが、怯えているようにも見える。（PA 253）

狼男というのが人狼症患者であるとすれば、特定の病気の患者が「信頼できない」、身体的疾患を道徳的欠陥と結びつけるのは（ハーマイオニーの好きな「論理」を用いて考えても）おかしな話であり、差別的である。ヴォルデモートにハリーの両親を売り渡したとこの時点で彼らが信じているブラックに荷担したとすれば、とんでもない犯罪行為である。しかし、それよりも「狼男であること」のほうが重大なことであるかのように描かれている。この「信頼できなさ」は「不浄さ」と結びついている。

　「ハーマイオニー、君にしては出来がよくなかったね。残念ながら3問中1問正解ってところだ。私はシリウスがホグワーツに侵入する手助けなどしていないし、もちろんハリーに死んでほしいなどと思っていない……」ここでルーピンの顔面が奇妙に引きつった。「だが、私が狼男であることは否定しない」

ロンは勇ましく立ち上がろうとしたが、苦痛の悲鳴を漏らして後ろに倒れた［注：ロンは足を噛まれてけがをしている］。ルーピンが心配そうに歩み寄ると、ロンはあえぐように言った。「どけ、狼男！」
　　　（PA 253）

ロンは特別に差別的な人物として描かれているわけではない。「どけ、狼男！」という言葉で明確になるのは、狼男がおそらく『ハリー・ポッター』の魔法界で何世紀にもわたって受けてきた差別的な待遇である。彼らは偶然噛まれることで感染しただけであるのに、道徳的に堕落し、触れてはいけないような不浄の存在として社会から忌み嫌われ、排除されることになるのだ。

　この点において、人狼症はハンセン病と同じようなイメージで捉えられていると言える。特に中世以降、ヨーロッパではハンセン病のような身体的変形を伴う病は精神的堕落に対する懲罰だと考えられる傾向にあり、感染性が強いとなれば強い社会的制裁を受け（cf. Sontag 124）、道徳的恐怖の対象となった。

　　　ハンセン病も、それが蔓延した時代には癌と同じように、不必要なまでに大きな恐怖感をかき立てていた。中世において、ハンセン病患者とは精神的堕落を可視化した社会的テクストであった。道徳的退廃の見本であり、象徴であった。病に意味づけをするほど抑止力として効果を発揮することはない。そしてその意味は、常に（不道徳者が特定の病になるというような）道徳的なものである。原因がはっきりとわからず、効果的な治療法も見つかっていない重大な病気となれば、おびただしい量の意味づけを受けやすい。まず、深い恐怖の対象（精神的堕落、道徳的退廃、汚染、社会的混乱、弱さ）が病気と一致させられる。次いで、病そのものが隠喩となるのだ。
　　　（Sontag 59-60）

『ハリー・ポッター』において人狼症が「隠喩」として使われているわけで

はないが、堕落を可視化した懲罰の象徴となっていることは確かである。そもそも、ルーピンに感染させた狼男フェンリール・グレイバックは精神的に堕落した人物で、『死の秘宝』でロンの兄ビル・ウィーズリーを襲う。その他の狼男の多くはヴォルデモートの配下にあり、みな道徳的に堕落しているのだ。この意味において、「人狼症」は「ハンセン病」に、「狼男」は「ハンセン病患者」に置き換えられるとさえ言える。

　このように見ると、『ハリー・ポッター』のルーピン先生の病は、我々がハンセン病のような身体的な変化を伴う病気に対して抱いてきた差別意識を映し出す鏡となっている。好意的に描かれる人物であるにもかかわらず、ハーマイオニーやロンやウィーズリー夫人の態度は差別的であるが、これはルーピン先生をおとしめたり、この3人を糾弾したりするものではない。ハリーたちはルーピン先生を信頼することになるし、ルーピンも自らの境遇を託つことなく彼らの精神的なサポートをしたり重要な情報を教えたりしてくれる。ここではむしろ、その外側にある社会の問題を指摘しているのだ。7作にも及ぶ『ハリー・ポッター』においては些細なエピソードかもしれないが、このからくりに気づき、病に対して神話を創り出してしまう自分たちを見直すことが大切なのかもしれない。

　林君の発表（およびエッセイ）はとてもよくできていたが、よくできていただけにこちらもコメントしたいことがいくつもあった。
　彼が原作を読んでロンの発言に受けたショックは、確かに私も感じていたものだった。堕落した者、不浄な者として扱われることの苦痛は想像を絶するものだっただろうし、それは歴史的に見てハンセン病患者が受けてきた扱いに近いのかもしれない。そして、この発表と質疑応答を聞いた学生たちにとっても、病気にどう接するか——病気をどう表現するかを含めて——について身近な例で考えさせられたと思う。
　その一方で、ルーピン先生のケースについては、ハンセン病との関係だけでは説明のつきにくい部分もあるような気がしてならなかったのだ。人狼症には性病と、あるいは「狂気」——精神病を含む——と比較したほうがわかりやすい部分もある（もちろん、後に示すように、19世紀にはハン

セン病が性病や「狂気」と結びつけられていたことも事実だ)。以下、私の林君へのコメントとして別の解釈を示してみたい。

■ 性病としての狼人症

『ハリー・ポッター』の人狼症は、噛まれることによって感染する。様々な狼男の伝説と照らし合わせた場合、このこと自体は珍しいことではない（別のタイプの伝説では、人狼症は狼男の一族の間で遺伝によって受け継がれているというものだ）。しかし、噛まれることによって感染し、道徳的退廃の象徴と見なされるのは、強力で致死性のある性病（性行為感染症）——かつての梅毒、現代のエイズ——も同じである。

ヨーロッパにおける吸血鬼伝説と狼男伝説は重なることも多いが、たいていの場合、吸血鬼伝説において吸血行為が性行為の比喩となっていることはよく知られる（cf. Woodward 256）。最近では『トワイライト』（2005年〜）のシリーズでも知られているが、単に血を吸うだけではなく、毒——自分の体液——を相手の体に注ぎ込むというバリエーションが吸血鬼伝説に多いのも、吸血行為＝性行為というイメージがヨーロッパ人の想像力に深く根ざしている証拠であろう。いわずもがなであるが、20世紀前半の精神分析学者アーネスト・ジョーンズが言うように、「血液は無意識において精液を表す」（Jones 27）。そのように考えると、見境なしに吸血行為＝性行為を繰り返し、吸血鬼＝性病患者を創り出すことは道徳的退廃以外の何者でもない。キリスト教信仰の強い時代にあっては、彼らはキリスト教道徳の象徴である十字架をもって葬り去られねばならなかった。もちろん、狼男を十字架で倒すと

吸血鬼と性のシンボリズム

いうバリエーションは存在したとしてもかなりマイナーなものだろうが、狼男と性をまったく結びつけずにいることも難しい。

では、児童文学にこのような解釈をするのが必ずしもファンにとって喜ばしいことではないことを承知の上で、『ハリー・ポッター』の人狼症を性病の比喩だと考えてみるのはどうだろう。

『ハリー・ポッター』における狼男の描写は、決して性的ではない。児童文学という制約もあるからだろう。しかし、ルーピンを襲ったグレイバックは健康な者に八つ当たりする歪んだ「復讐心」を持つ人物として描かれる一方で、欲望を満たすために計画的に犠牲者を襲う性犯罪者のような、「血」に飢える吸血鬼のようなイメージも与えられている。ルーピンは言う。

> 長い間自分でも知らなかった。私を襲った狼男の正体を。自制が利かなかったんだろうし、それに狼に変身するたびに味わう苦痛を知っていたから、その男を不憫だとさえ思ってきた。だが、グレイバックはそういった男ではなかった。満月になると、襲いかかれるように獲物の近くに身を寄せる。計画的犯行なんだ。ヴォルデモートが狼男たちの先導役として利用しているのもこの男なのだ。グレイバックが「我ら狼男は血をいただく権利がある、健常者に復讐するべきだ」などと主張すると、私がいくら論理的に反証してもうまくはいかないんだよ。(HP 397-98)

ここで、自制心のあるルーピンと自制心のないグレイバックが対比させられているのは興味深い。『インタビュー・ウィズ・ザ・ヴァンパイア』(1976年)における自制心のあるルイと自制心のないレスタトに見るまでもなく、吸血欲が抑えられる可能性を示すことで、吸血鬼は人間化し、吸血欲は性欲の比喩であることが明確になる。『トワイライト』のエドワード・カレンの自制心は、純潔の美徳と結びつく。ここでも、やはりルーピンの自制心は美徳となり、グレイバックの食欲は性的放埓であり、精神的堕落の象徴であろう。

このように考えたとき、ルーピンが10年以上若いニンファドラ・トンク

スから愛を告白されても病気を理由に断ること（HP 735）、「狼男」を意味する英語 "werewolf" が男女双方を指しうるのに『ハリー・ポッター』における "werewolf" が男性しかいないことは注目に値する。というのも、人狼症が漠然とした「性病」ではなく、特定の性病を指す可能性が出てくるからだ。すなわち、エイズである。

『トワイライト』

現在、先進国で高等教育を受ければ、「エイズ＝同性愛者の病気」のような事実無根の通説など信じることはないだろう。ハンセン病に対する差別が過去の遺物となりつつあるのと同じで、このような偏見は日増しになくなりつつある。しかし、病を天の与えた懲罰だとする文化にあって、エイズが同性愛者の精神的堕落を示す隠喩として利用されてきたことも事実である。ソンタグは言う。

> コットン・マザーはかつて梅毒を「神が正しき裁きにより後世のために与えられた」罰と呼んだ。この発言や、15世紀末から20世紀初頭までに口にされた梅毒についてのでたらめな言葉を思い出すと、多くの人々がエイズを隠喩として——ペストと同じように社会に対する道徳的な裁きとして——考えている事実も驚くにはあたるまい。致死性のある性病の存在を知れば、プロの非難屋は修辞を凝らした誹謗中傷をしたくてうずうずするだろう。最初に爆発的感染が起こった国ではエイズが異性愛者の性行為によって広まったという事実にもかかわらず、ジェシー・ヘルムズやノーマン・ポドレツのような民衆道徳の庇護者を自認する者は、エイズを西洋の同性愛者を標的とした（そして彼らが受けてしかるべき）天罰と考えるのをやめなかった。一方で、レーガン時代の著名人パット・ブキャナンは

「エイズと道徳の破綻」について弁舌をふるい、ジェリー・ファルウェルは「エイズは神の御意志に従って生きない社会に言い渡された天罰」と診断した。(Sontag 146-47)

ソンタグが示すように、エイズという「隠喩」は1980年代には同性愛者への「天罰」のように捉えられることが多かった。まったく異なる病気であるにもかかわらず、これまで梅毒が占めていた場所をエイズが引き継ぐようになったのである（cf. Gilman 250-52）。少なくとも作者ローリングの世代なら当然知っている事実である。

　人狼症が性的な行為により感染する病気であること、感染のわかっている患者が意図的に相手を感染のリスクにさらすことができること、感染は精神的に大きな傷を与えるものとされること、感染者は接触を拒絶されるくらい差別されていること……これらの要素はすべて1980年代に蔓延したHIVやエイズの神話を想起せずにいられない。ローリングが魔法界に中世的なイメージをまとわせ、ペストやハンセン病を心の片隅に置きながらルーピンを描いたこともありうるが、同時にもっと現代的なエイズの「神話」が影響を与えていたとしてもおかしくない。また、そのほうがグレイバックの強欲さとも合致する。ハンセン病患者やペスト患者が自らの欲を満たすために健康な人たちを感染させようとしたとは考えられていないが、梅毒患者やエイズ患者に与えられたイメージはそういったものだからだ。

　余談であるが、『ラ・ボエーム』のミミの結核をHIV感染に「書き換え」たブロードウェイ・ミュージカル『レント』（1996年）が流行する現代においても、「隠喩としてのエイズ」は健在だ。エイズが「同性愛への天罰」ではなく「麻薬使用への天罰」に置き換わっただけであり、エイズの隠喩が別の意味を持ちうることを示して

『レント』

ハリー・ポッターとルーピン先生の病気　087

いることを付記しておこう。

■「内なる狂気」としての狼人症

　『ハリー・ポッター』における人狼症の意味として、追記しておくべきことがあるとすれば「狂気」の側面であろう。「動物もどき」の魔法と違い、狼男に変身すると人格が変わり、動物的な本能に支配されてしまう。狼になっている間は自分の行動を制御できない。そのことを踏まえると、人狼症は身体的疾患だけではなく、精神的疾患の比喩であるという考え方も成り立つ。映画『ハリー・ポッターとアズカバンの囚人』で、ルーピンがブラックと再会したとき原作にはないやりとりがある。

　　ルーピン　ついに内なる狂気が体にあらわれたか。
　　ブラック　お前こそ内なる狂気ならよく知っているよな、リーマス？

ブラックが「内なる狂気」と呼ぶのは、ルーピンがかかっている人狼症のことである。ふたりの関係を考えれば、謎かけをしているわけでもないし、傷つけるつもりで言っているわけでもない。ふたりの間で人狼症が「内なる狂気」であるという了解があってこそはじめて成り立つコミュニケーションなのだ。ここで大事なのは、人狼症がハンセン病でもあり、エイズでもあると同時に、「狂気」という言葉で表現されてきたものでもあるということだ。
　『ハリー・ポッター』はイギリスの小説らしく、動物がたくさん登場するし、動物と心を通わすことのできる能力のすばらしさが描かれている。『アズカバンの囚人』でハリーがヒッポグリフ（空想上の生物）のバックビークを怒らせずに接することができるのは、バックビークと折り合いの悪いドラコ・マルフォイよりもハリーが優れていることを意味している。バックビークを殺そうとするマルフォイ父子は邪悪で、それを認めた役人は官僚的、そしてその命を救うハリーとハーマイオニーは高潔な道徳意識の

持ち主なのだ。一方で、人間より動物と仲がよいとも言えるハグリッドは、確かに「知的」とは言い難いが皆から好かれる人物である。特定の登場人物が自由意志で動物に変身できることも「魔法」を扱った小説である以上、珍しいことではない。動物も、動物への変身もありふれた正常なものとして捉えられているのに、人狼症だけは病気であり、「狂気」であるかのように否定的に見られている。これはどうしてなのか。

　西洋では、狂気を動物性と結びつける伝統があったが、その連想は限られた条件において成り立っていた。文明社会の一員が自らの意志によってではなく動物的になると、狂気とされる。もともと動物的な生活を送っていたとされる人が動物的であるのは何の問題もない、というわけだ。

　ロマン派の詩人・版画家ウィリアム・ブレイクの版画「ネブカドネザル」(1795年) は象徴的かもしれない。王が野獣のように歩いているのだ。『病気と表象』(1988年) の第2章で、サンダー・L・ギルマンは狂気を可視化しようとした医学書や芸術作品を分析するが、そこで19世紀初頭に活躍したスコットランドの医師チャールズ・ベルの『表情の解剖学について』(1806年) を紹介している。ベルは「狂人」の表情を、感情を欠いた「野獣の状態」に陥ったものとしている (Gilman 31)。この獣性こそブレイクの「ネブカドネザル」にも見られるものだとギルマンは論じる (Ibid., 32)。ネブカドネザルは旧約聖書に登場するバビロニア王だが、発狂して王位を譲り渡したと言われている (列王記下24〜25章)。

ウィリアム・ブレイク「ネブカドネザル」
（筆者による模写）

　『狂気の歴史』で、フーコーは「狂気」と「動物性」が同一視されたことに触れ、その定義がいかに恣意的であるかを示している。ヨーロッパ文化では、長らく「文明」と「自然」を峻別し、「社会的動物」である人間を「動物」であるにもかかわらず文明の範疇に入れてきた。18世紀中頃を過ぎると、もはや人間性でさえ「理性」として単純に考えられなくなった。「自

然」または「動物性」はそのままで存在できたが、人間性は自然や動物性と対立するもの(アンチテーゼ)として捉えられる。したがって、人間が自然や動物性から離れたからこそ、人間は「狂気」に陥る可能性があるのだという考え方である。「理性」という美徳だけでなく、19世紀に発展していく概念である「進歩」や「進化」が人間の本性を規定するようになると、「狂気」は「退化」（仏 dégénération）として捉えられるようになる（Foucault 1961: 394-95）。この「退化」をするのは文明人であり、18世紀末のヨーロッパ人がロマン派的な憧れを抱いた「野蛮人」（または「未開人」）は「狂気」に陥ることもないのだ。

ミシェル・フーコー

> 動物が狂気に陥ることはあり得ないし、少なくとも動物が狂気に陥ったとしてもそれは動物のなかの動物性が原因ではない。それゆえ、すべての人間のなかで最も狂気になりづらいのが未開人であることに驚いてはいけない。「この点において、農民階級は職人たちよりもはるかに発狂しにくい。しかし不幸にも、農民しかいなかった頃の農民階級、あるいはほとんどすべての悪を知らず不慮の事故か老衰でしか死ぬことのなかった野蛮人と比べると、現代の農民階級はずっと発狂しやすいのだ」（Foucault 1961: 393-94）

「狂気」と「退化」の関係は、『ハリー・ポッター』の世界で狼男がこれほどまでに恐怖の対象とされていることを読み解くヒントを与えてくれる。

「高貴なる野蛮人(ノーブル・サヴェッジ)」であり、せいぜい禁止されている動物をこっそり育ててしまうくらいしか悪を知らないハグリッドは、そもそも自然（動物性）と無媒介で生活をしている。したがって、彼が恐怖の対象となることはない。犬が犬として振る舞っている限り恐怖の対象にならないのと同じだ。

逆に、マクゴナガル先生やシリウス・ブラックは、彼らの自由意志に基づき、彼らが身につけた特殊技能を駆使して動物に変身する。彼らは自然（動物性）と対立するものとしての文明（人間性）を保持したまま、より高い次元へとのぼるのである。これがただちに徳の高さを意味するわけではない（動物もどき(アニメーガス)には裏切り者ピーター・ペティグリューやジャーナリストで嫌われ者のリータ・スキーターもいる）が、彼らの技能は少なくとも尊敬に値するのだ。

　一方、ルーピン先生の場合、彼は自然（動物性）と無媒介で生活をしていない。文明生活を過ごしており、彼のなかで自然（動物性）と文明（人間性）は明らかに対立している。にもかかわらず、彼の自由意志ではなく自然（動物性）へと「退化」してしまうのだ。つまり、人狼症は「退化」への恐怖を駆り立てる「狂気」として知覚されている。

　ここでは「狂気」という言葉を使ってきたが、これは「精神病」のみを意味するものではない。中世やルネサンス時代、古典主義時代やロマン派の時代を経て現代に至るまで、この言葉の示してきたありとあらゆる状態がある。そのなかには現在では知的障害、精神疾患、精神障害、精神病、神経疾患、身体表現性障害などといった様々な言葉で表現されるものが含まれている。近代以前には放蕩も散財も「狂気」であったし、同性愛を含む、規範と外れる「倒錯的」な性的指向も「狂気」であった（cf. Foucault 1976: 36-49）。グレイバックが幼い子供ばかり襲う（HP 397）――しかも小説内で登場する被害者は男子のみ――ことからも、この「狂気」の「倒錯性」は強調されていると言える。

　『ハリー・ポッター』の人狼症が解離性同一性障害（いわゆる「多重人格」）なのか双極性障害（いわゆる「躁鬱」）なのかはわからない。むしろ、そういった曖昧さと狼男というイメージの持つ神話性が、読者のなかにある前近代的な恐怖心をあおるのだろう。ルーピンを人格者として描くことにより、ローリングはそういった恐怖心を持つ我々を教育しようとしているのかもしれない。

■魔法界の「健康信仰」

「魔法」という言葉の持つ反キリスト教的イメージとは違い、『ハリー・ポッター』の世界はとても健康志向が強いようだ。こと人狼症は——ハンセン病として、エイズとして、「狂気」として——忌み嫌われ、患者は差別される。このような健康へのオブセッションは、ホグワーツがモデルにしたイギリスのパブリック・スクールの最盛期——19世紀末期から20世紀初頭——を思わせないだろうか。

ヴィクトリア朝後期からエドワード朝にかけて、イギリスのパブリック・スクールの教育は帝国主義と密接に結びついていた。特にそのスポーツ教育は帝国主義を支える重要な要素となっていた。スポーツ教育はまず筋肉的キリスト教の理想に合致していたし、チームワークや自己鍛錬など軍事にも必要な性格の形成をうながしもした。さらに、当時の社会ダーウィニズムとも合致する考えであった。

社会ダーウィニズムとは、ダーウィンの進化論における生物の進化のように社会も進化していくという思想であり、19世紀イギリスの哲学者ハーバート・スペンサー以降、ヨーロッパに広まった考え方である。特に「適者生存」の考え方を社会に当てはめることで、ヨーロッパ列強によるアジア、アフリカの植民地化を正当化したことは有名であろう。人類学者で統計学者のフランシス・ゴルトンは優生学（「よい」遺伝子を残そうとする研究や政策）の基礎を築き、民族の「退化」を防ぐためにこれを提唱した。この時期の優生学は、アメリカやドイツをはじめ、多くの国で障害者や人種的／民族的マイノリティの「断種」や「安楽死」などを正当化した。「獲得形質は遺伝する」という、当時でも科学的根拠の否定されていた学説が民間に流布し、民

フランシス・ゴルトン

族退化を防ごうとする運動が流行した。ユダヤ人のシオニズム指導者マックス・ノルダウは『退化論』（1892年）で反ユダヤ主義を民族退化の例として挙げ、「退化」を有名にした（英訳は1895年に出版されている）が、彼は健康体操の普及者でもあった。科学的には（当時でさえ）まったく根拠のない「民族の退化を防ぐためのスポーツ」が生まれる。

　ここで注意しておかなければならないのは、「狂気」を分析する際に確認した「退化への恐怖」である。病気や狂気を迫害する理由にも「退化への恐怖」があったが、健康を推進する理由も「退化への恐怖」であった。

　この時期の「病気」＝「退化」への恐怖は他民族への恐怖心と結びついていたので、「病気」をやっつける「健康」志向は帝国主義的（⇒「帝国主義」については次章参照のこと）な色合いの濃いものだった。『ハンセン病と帝国』（2006年）で、ロッド・エドモンドは19世紀になってイギリスで再燃したハンセン病への恐怖心を研究しているが、その恐怖が性病（特に梅毒）と狂気への恐怖と同様、植民地における性行為とそれによる人種的秩序の混乱や混血化への恐れと結びついていたことを示している（Edmond 95-97）。一般には『ジャングル・ブック』（1894年）の作者として

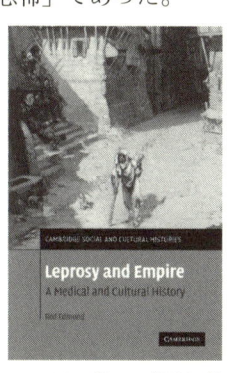

ロッド・エドモンド『ハンセン病と帝国』

知られるラドヤード・キプリングの短編「獣のしるし」（1890年）では、イギリス人フリートが酔っぱらってヒンドゥー教の寺院でハヌマーン（猿の神）を汚し、ハンセン病患者の神官「銀の男」に噛みつかれる。この噛みつきによってフリートは取り憑かれてしまい、生肉を食べて外で生活する「野獣」のようになってしまう。そして、語り手たちが

ラドヤード・キプリング

ハリー・ポッターとルーピン先生の病気　093

銀の男を捕まえて拷問し、呪文を解かせることによってようやくフリートは人間性を取り戻す。ハンセン病に非白人（インド人）のアイデンティティを与え、噛みつきによる感染という性行為の比喩やその症状の動物性が強調されている。つまり、ここで書かれているのは現実に存在するハンセン病ではない。イギリスにあるインド人への恐怖——性的陵辱や混血化によってイギリス人が「退化」してしまうことへの恐れ——を具象化しただけなのだ（*Ibid.*, 134-36）。イギリス人を「退化」から救うという大義の前では、ヒンドゥー教の寺院を汚した罪は問われない。ハンセン病を悪魔化した罪は言うに及ばずである。この文脈で、病に対する戦いや健康の推進は当時のイギリス帝国主義と不可分であり、人種的偏見や排外主義を正当化している。

　ホグワーツは、たとえばダームストラングなどの他の魔法学校に比べて人種や性別に寛容なように描かれている。にもかかわらず、話が健康／病に及ぶと急に非寛容になる。スポーツによる健康の促進と精神の涵養といった、ヴィクトリア朝からエドワード朝にかけてパブリック・スクールに蔓延した「健康信仰」が無批判に受け入れられている。これが、ローリングが批判したはずの、病気や障害を「退化」と見なした思想と同じところに根ざしているにもかかわらず、である。

　もちろん、ファンタジー小説に対して、人種的あるいは民族的マイノリティや女性の登場人物を入れろとか、病気にかかった人や障害を持つ人を活躍させろ、などと主張するつもりはない。逆にこれだけ病気に対する偏見を持たないよう読者を教育しようとした配慮があるからこそ、健康信仰を受け入れていることが際だってしまうのである。

　ルーピン先生は不幸な人物として描かれるが、『死の秘宝』ではトンクスと結ばれ、子供も生まれる。その後まもなくホグワーツの戦いで命を落とすことを考えると、ルーピンが得た束の間の幸せだったに違いない。ハリーはルーピンが魔法界のために妊娠中のトンクスのもとを離れることに反対して彼を罵倒した（DH 176）が、ルーピンは自分をこき下ろした20年も年下の生徒であるハリーに、自分の子供の名付け親（後見人）をお願いす

る（DH 415）。自分の病が恥ずべきものではないと教えてくれた恩返しなのだろう。『ハリー・ポッター』の世界観に完全に賛同はできなくても、このエピソードにはちょっと感動できると思う。

第5章 ハリー・ポッターと帝国

THIS IS FROM THE ORIENT, MY LORD...

DESPITE MY APPEARANCE, I'M NOT A BUDDHIST MONK...

■ホグワーツ卒業生の進路

　イギリス生まれの『ハリー・ポッター』がイギリスを映し出しているとすれば、シリーズには当然その植民地主義の歴史や植民地主義以降の社会が現れているだろう。『ハリー・ポッター』の世界には、現実のイギリスと同じように、旧植民地——特にインド亜大陸（インド、パキスタン、バングラデシュ等）やカリブ諸島（ジャマイカ、トリニダード等）——出身と思われる生徒がかなり登場する。

　イギリスはブリテン島の小国であったが、隣国のアイルランドに始まり、17世紀以降はアメリカ新大陸やカリブ諸島、次いで18世紀以降インド亜大陸やアジア、19世紀にはアフリカを植民地化して国力を増し、「陽の沈まぬ帝国」と呼ばれる超大国になった。このように国家が法的・経済的に自分の力の及ぶ範囲を国境の外側に求め、植民地をつくることを「植民地主義」と呼ぶ。他のヨーロッパ列強と同じく、イギリスは植民地主義によって国家を繁栄させたが、そのことでイギリス国民や植民地の人々に経済的のみならず、心理的にも深い影響を与えたとする考え方もある。イギリスの植民地主義は「帝国主義」と呼ばれるものと不可分である。「帝国」とは、中央政権とは異なる民族や文化を持つ国や地域を従えた中央集権的な国家で

イギリスの植民地

あり、そういった小国に主権を与えないという意味で「連邦」とは異なる。したがって、「皇帝」の「帝」という文字はあるが、古代の共和制ローマも「帝国」であったし、王制を採るイギリスも「帝国」であった。帝国主義は、単なる植民地主義とは違って、中央集権的な支配体制や中央から周辺を抑圧する思想を指す。(だからこそ、現在では経済的かつ軍事的に影響力を持つアメリカの「帝国主義」を指摘する人々もいる。)この思想は19世紀のイギリス文化に大きな影響を与えた。後に詳述するが、植民地政策の終了とともに、多くの人々が旧植民地からイギリスに流入し、彼らがイギリスにおける民族的マイノリティの中心を形成している。

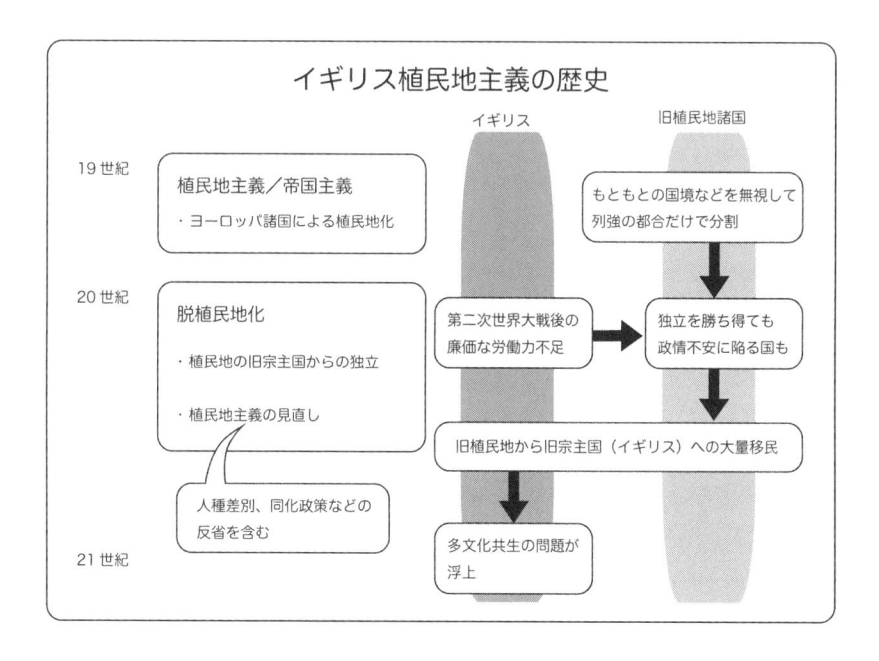

イギリス植民地主義の歴史

19世紀	植民地主義／帝国主義 ・ヨーロッパ諸国による植民地化		もともとの国境などを無視して列強の都合だけで分割
20世紀	脱植民地化 ・植民地の旧宗主国からの独立 ・植民地主義の見直し 　└人種差別、同化政策などの反省を含む	第二次世界大戦後の廉価な労働力不足 →	独立を勝ち得ても政情不安に陥る国も
		旧植民地から旧宗主国（イギリス）への大量移民	
21世紀		多文化共生の問題が浮上	

（左列：イギリス、右列：旧植民地諸国）

だが、『ハリー・ポッター』で表面的には人種が問題になることはないし、異文化間の衝突も起こらない。あたかも「多文化主義」(multiculturalism)の理想を示しているかのようだ。多文化主義とは、ひとつの国の中で異なる人種、民族、言語、宗教などに属する複数のグループの人たちが、お互いの文化を押しつけたり、同化をさせたりすることなく共存している状態、あるいはそれを実現するための政策のことを言う。したがって、読者は作

中に登場する旧イギリス植民地出身の生徒たちのいる「多文化共生」の様子を「現代では自然なイギリスの風景」として捉え、そこに植民地主義や帝国主義がどう表現されているかなどは考えずに読み進めることができる。少なくとも表面的なレベルにおいて、非白人の読者が読んでいて「これは差別的だ」と思うところもないだろう。

　しかし、シリーズの当初から引っかかる箇所があるのも事実である。ジゼル・ライザ・アナトールがその『ハリー・ポッター』論で言うように、ロンの兄弟の進路を考えると、どうしても植民地主義時代のイギリスを連想してしまうのだ（Anatol 164）。『ハリー・ポッター』もイギリスの帝国主義と無縁ではない。ロンの兄弟については各巻で近況が報告され、読者の注意を喚起しているとさえ言える。ハリーがロンと初めて出会った直後から、この報告は始まる。

　　「マグルと一緒に住んでたって聞いたけど、どんな感じなの？」とロン。
　　「ひどいもんだよ——いや、みんなってわけじゃない。僕のおじさんとおばさんといとこはひどいけど。僕も魔法族の兄弟が三人ほしかったな」
　　「五人だよ」そう答えたロンは、なぜかふさいだような表情になる。「うちの兄弟でホグワーツに行くのは、僕で六人目だよ。期待もあるしね。ビルとチャーリーは卒業してるけど、むかしビルは首席で、チャーリーはクィディッチのキャプテン。いまなら、パーシーが監督生。フレッドとジョージは悪さばかりしているけど、成績はほんとにすごいし、みんなの人気者なんだ。みんな僕が兄さんたちと同じだけのことができると思っているし、仮にそれだけのことをしたって、誰もすごいと思ってくれない。兄さんたちが先にやっているからね。それに五人も兄弟がいれば何でもおさがりだよ。ビルが着ていたローブ、チャーリーの使っていた杖、それにパーシーが飼っていたネズミ」（PS 75）

魔法使いは学校を卒業したらどんな仕事に就くのかなとハリーは思った。
　「チャーリーはルーマニアでドラゴンの勉強をしていて、ビルはアフリカでグリンゴッツ銀行のために何かやってる」とロンは答えた。(PS 80)

ここでアナトールが注目するのは、名門学校であるホグワーツを卒業した後の就職先である。東ヨーロッパのバルカン半島とアフリカ――もっと正確に言えばエジプト――といえば、西ヨーロッパの視点からは「エキゾチック」かつ「未開」の魅力ある場所であり、イギリスが文字通り「陽の沈まぬ帝国」であった頃にはヨーロッパ列強が覇権を争った場所でもある。バルカン半島が「エキゾチック」で「未開」という表現は日本の読者にはピンと来ないかもしれないが、『ドラキュラ』(1895年)でドラキュラ伯爵がいたルーマニアが歴史から取り残された場所として描かれていることを思い出すとよいであろう。いずれにせよ、名門校の卒業生が「エキゾチック」な植民地に赴任し、冒険心と愛国心をもって任務を全うするという筋書きは、イギリス文化ではおなじみのものである。ヴィクトリア朝の少年文学でも「エキゾチック」な国での冒険譚は重要なサブジャンルとなっており、たとえばヴィクトリア朝後期の少年雑誌『ボーイズ・オウン・ペイパー』でも重要な位置を占めている。チャーリーにしてもビルにしても、彼らをイギリス国内で働かせることもできたはずなのに、こういった着任先を選ぶだけでも、イギリスのかつての帝国主義を思い出させるには充分であろう。

『ボーイズ・オウン・ペイパー』

　しかも、彼らの職務も「帝国主義的」である。ビルの仕事はかなり露骨に帝国主義的だと言える。職位は「解呪師」で、職務内容は盗掘者を避け

ハリー・ポッターと帝国　101

るために古代エジプトの魔術師が墓にかけた魔法を解くことである。それ ばかりか、彼自身が母ウィーズリー夫人との会話の中で「お宝さえたっぷ り持って帰れば」(GF 59) と言っていることから、どうやらそのようにし て入手した歴史遺産をいわば強奪することもその任務に含まれていること がわかる。つまり、かつて現実のイギリスが植民地化したエジプトで発掘 した貴重な歴史遺産を本国に持ち帰ったように、魔法界のイギリスもエジプトから歴史遺産を略奪していることになる。

ここで前提とされている条件を想像していただきたい。エジプトの魔法使いは過去の遺産を自らひもとくことすらできないのに対し、イギリスの魔法使いは進んだ魔法技術をもってそれをひもとき、そ

エジプトの発掘に精力を傾けるカーナヴォン卿(左)とハワード・カーター(右)

の遺産を我がものにする。これは、まさにアメリカの英文学者で思想家の エドワード・サイードが「オリエンタリズム」(Orientalism) と呼んだもの ではないか。「オリエンタリズム」には、中東からアラブ(北アフリカ)や 広くはインド亜大陸までを含む「オリエント」についての学問という18〜 19世紀に主に使われていた意味以外に、ふたつの意味があると言う。

> オリエンタリズムとは、「オリエント」とされるものを(しばしば) 「西洋」とされるものと隔てる存在論的かつ認識論的区分にもとづく 思考様式(スタイル)である。……ここで私はオリエンタリズムの第三の意味に 辿り着く。これは、先の二つの意味よりも歴史的かつ即物的に限定 されるものである。18世紀末をその起源だと考えるならば、オリエ ンタリズムはオリエントを扱う——オリエントについて発言し、そ の場所についての考えを権威付け、そこを記述し、教え、そこに植

民し、統治したりする——複合組織のようなものとして論じ、分析することができる。手短に言えば、オリエンタリズムとはオリエントを支配し、再構築し、そこに権威を持つ西洋のやり方<small>スタイル</small>だと考えられるのだ。(Said 2-3)

帝国主義国家は何も武力によってのみ植民地を支配するわけではない。その土地で発展しなかった技術や科学的な知識を駆使し、その土地の住民以上に権威を持つことによっても支配する。ナポレオンがエジプト遠征に言語学者をはじめとした学者を引き連れていったことは有名だが、「西洋の近代科学的知識をもたらす」ことも西洋がオリエントを支配し、植民地化するスタイルだった。ビルの仕事はこの意味でも帝国主義的なのである。また、この意味を考えることで、チャーリーの仕事の帝国主義的な性格も見えてくる。「ヨーロッパの途上国ルーマニアを先進国イギリスが啓蒙する」といった、どこかで見たような傲慢な物語が見え隠れするからだ。

エドワード・サイード

　この章では、『ハリー・ポッター』をイギリス植民地主義の歴史の中に位置づけてみたい。この作品は「帝国主義」的でもあると同時に、「多文化主義」にも配慮した、非常に矛盾をはらんだシリーズなのだ。まずは作品に帝国主義の思想がいかに現れているかを検討し、その後「多文化主義」について分析しよう。『ハリー・ポッター』は帝国主義へのノスタルジアを持っていると同時に、現代の多文化主義に対しても理想を持っている。そして、その二つを結んでいるものは何なのか考えてみたい。

■ エキゾチックなヴォルデモート

　イギリスの帝国主義の影響は、ホグワーツ卒業生の進路だけでなく、ハリーとヴォルデモートの対決という中心的な物語にも現れている。ハリーとヴォルデモートの対立を読み解いていくと、ハリーがイギリス的なイメージ、ヴォルデモートが帝国主義時代のイギリスが抑圧すべき他者として扱ってきた存在のイメージを持っていることがわかる。そして、ハリーがヴォルデモートという極悪人に勝利し、他者を抑圧することを正当化することで、帝国主義的な価値観をも蘇らせているように見える。

　これは、ハリーが魔法省に反抗してダンブルドア軍団を作ったり、ヴォルデモートが白人至上主義を連想させる自民族至上主義者で、とてもイギリス的な階級コンプレックスを持っていたりすることと、なんら矛盾しない。

　ハリーの抵抗はむしろ大英帝国が栄えたころの――そして現代でも――イギリス的な道徳と合致している。大事なのは、単に「政府に逆らわないこと」ではない。むしろ、逆境にもめげず個人的な良心を貫くことこそ、当時のミドルクラスの精神的支柱となるイギリス的な美徳と言える。ヒッチコックにより映画化されたジョン・バカンの小説『39階段』（1915年）では、帝国主義末期のイギリスを舞台に、国家に対するスパイの謀略を見破った青年が逆境にもめげず――ときには自分を殺人犯と間違えて追いかける警察をも欺いて――その悪事を暴く。

　また、ヴォルデモートが白人至上主義と似た思想を持っているからといって、帝国主義と結びつくわけでもない。他民族を排斥し、もっといえば絶滅させてしまうような考え方がイギリスの帝国主義を支えてきたわけでもない。確かにアメリカやオーストラリアで先住民族を追いやって植民したのは事実だが、インドやアフリカに対してはそういった方式は採らなかった。そして現地の人々や他の植民地から連れてきた人々をうまく利用しつつ、ごく少数のイギリス系白人による支配を確立した。したがって、非魔法族を嫌悪するヴォルデモートは、イギリスにおける右翼思想や白人至上主義とは結びついても、帝国主義と結びつくわけではない。

では、ヴォルデモートの「エキゾチック」な面を見てみよう。彼のオリエントとの接点が強調されると、彼があたかもヨーロッパ的文明とは異なるもの、あるいはむしろヨーロッパ文明への脅威であるかのように見えてくる。「エキゾチック」な悪であるヴォルデモートを倒そうとすることは、非ヨーロッパのヨーロッパ文明への脅威を取り除き、そこにヨーロッパの「進んだ」文明をもたらそうとする19世紀イギリスの帝国主義の考え方と似ている。

　シリーズ全体を通してヴォルデモートは蛇のイメージを持っているが、これは「反キリスト」「サタン」のイメージに加え、イギリス植民地を連想させるある種の異国情緒や「他者性」を彼に与えている。第3章で触れたように、ヴォルデモートはサラザール・スリザリンの後継者であろうとするが、ふたりはともに蛇の言語パーセルタングを話せるという共通点を持つ。まだ赤ん坊のハリーに破れたヴォルデモートは蛇のような顔になっている。第1章で見たように、蛇は旧約聖書創世記でイヴを騙したサタンの化身であるから、必然的に「反キリスト」のイメージをまとうだろう。ただし、パーセルタングという周囲が理解できぬ言語を話すだけでなく、蛇を操るとなると、単なる「反キリスト」とは異なるイメージが加わる。イギリス文学において、イギリス人の理解しない言語を話し、蛇を操るのはオリエントのステレオタイプのひとつである。

　たとえば、『シャーロック・ホームズの冒険』（1892年）に収録された有名な作品「まだらの紐」では、調教された「沼蛇」と呼ばれるインドの毒蛇が恐怖をもたらす。「沼蛇」は作者コナン・ドイルの創作であり、そのような名前の生物は実在しないが、黄色い体表や「まだら」模様、「笛で操られる」という俗説からインド・コブラをモデル

「まだらの紐」

にしたという説もある。依頼人の義父ロイロット博士は没落貴族の末裔で、イギリス領インドで財をなし、殺人罪で服役したのちイギリスに帰国する。彼はイギリスに帰国後も「ジプシー」の一団とのみ交流し、インドから様々なものを輸入しており、最終的に自分が調教した殺人蛇に噛まれて命を落とす。「沼蛇」に象徴されるように、白人であるはずのロイロットの悪魔的な雰囲気はオリエントとの結びつきから生まれている。

『ハリー・ポッターと秘密の部屋』で、ヴォルデモートは秘密の部屋にバジリスクを放ち、マグル生まれの生徒を襲わせてホグワーツを恐怖に陥れる。バジリスクはトカゲのような空想上の動物。このことを記したプリニウス（大プリニウス）の『博物誌』第8巻によると、バジリスクはキュレネ（リビア）の生物とされている。ところが、特にイギリスでは、エジプトのマングースの神話にある怪物コカトリスと混同され、バジリスクは見る者を石化させる蛇のような生物だと考えられるようになる。『秘密の部屋』では、後者の影響が非常に強いバジリスクが登場するが、いずれにせよその恐怖には「エキゾチック」な要素がある。

バジリスクとコカトリス

また、『ハリー・ポッターと炎のゴブレット』では、ヴォルデモートが、ユニコーンの血によってだけではなく、自らが従える毒蛇ナギニの毒によって蘇ったことが明らかにされる（GF 569）。ナギニが重要なのは、ユニコーンと違ってヴォルデモートの協力者であるからだ。イギリスでユニコーンはスコットランドの象徴として知られており、19世紀以降はかなりヨーロッパ化され、美化されるが、『賢者の石』でユニコーンはヴォルデモートの被害者として描かれている（PS 188-89）。これに対し、ナギニはヴォルデモートと協力している。ヴォルデモートがハリーに話しかけている際に

ナギニが体を絡みつかせる様子などは、ペットを超えた恋人同士のような関係さえ感じさせる（GF 569）。ナギニ（Nagini）は「ナーガ」（Naga）の女性形で、ヒンドゥー神話の蛇神である。ドイルの「沼蛇」同様、インド・コブラ（Naja Naja）がモデルだと言われている。『炎のゴブレット』のナギニがインド・コブラをモデルとしているかどうかは定かではないが、この蛇がオリエントの持つ神秘性と恐怖を備え持っていることは明らかだ。

　さらに、前述の『ハリー・ポッター』論で、アナトールは「パーセルタング」（Parseltongue）が「パールシー」（Parsee）によく似た響きを持っていることに注目する（Anatol 169）。これはおそらく偶然の一致であろうが、ヴォルデモートをオリエントと結びつける新たな要素となりうる。パールシーとは中世（8世紀とも10世紀とも言われる）にペルシャからインドに逃れたゾロアスター教徒とその子孫のことで、特にイギリスにとっては馴染みのあるエスニック・グループである。18世紀に東インド会社がインドに進出した際、ムンバイなどの都市部に職を求めてやってきたパールシーが多く雇われることになったからだ。混血化が進まなかったため比較的白人種に近い外見も特徴のひとつで、日本で最も知られたパールシーと言えば、往年の大人気ロックバンド、クイーンのボーカルをしていたフレディ・マーキュリーだろう。こうして見れば、パーセルタングに「パールシー」の響きを感じ取り、ヴォルデモートにオリエントの脅威を読み取ることが、あながち大間違いとも言えないような文脈ができあがっているのも事実である。

　ヴォルデモートの「オリエント」性を最初に印象づけるものといえば、クィレル先生のターバンかもしれない。アルバニアでヴォルデモートと出会ったクィレルは、彼に体を乗っ取られた状態でイギリスに帰還する。タ

ナーガ

ーバンをしたクィレルはおどおどして神経質そうに見え、最初は誰からもヴォルデモートの手先だとは疑われない。ところが、ターバンとともに事態は変化する。ハリーが「漏れ鍋」で初めてクィレルと会ったとき、ターバンをしていたかどうかは明らかにされない。ところが、入学式で二度目にクィレルに会ったときには状況が異なってくる。

> 体が温まって眠くなってきたハリーは、もう一度ハイ・テーブルを見た。ハグリッドはゴブレットから直接ごくごく飲んでいる。マクゴナガル先生はダンブルドア先生と話している。おかしなターバンをしているクィレル先生は、べたついた髪をしたかぎ鼻の血色の悪い先生と話していた。
> それは急に起こった。かぎ鼻の先生がクィレルのターバン越しにハリーの目を睨みつけると、ハリーの額の傷に刺すような痛みが起こり、傷が熱くなった。(PS 94)

ここで痛みが起こったのは、「かぎ鼻の先生」であるスネイプに睨まれたからではない。クィレルのターバンの中にいるヴォルデモートのせいである。西洋的な悪魔のイメージを多少とも持つスネイプではなく、ターバンこそが脅威なのだ。こういった意味において、『ハリー・ポッター』は——多くの19世紀や20世紀初頭のイギリス小説と同様——帝国主義的な世界観に影響を受けた作品なのである。

■多文化主義的なホグワーツ

　現在、イギリスは多文化主義や移民との共存をめぐって過渡期にあると言える。一方では、帝国主義的な考え方や植民地主義政策の反省から、上述した「多文化主義」と呼ばれる政策を採っている。『ハリー・ポッター』が書き始められた1990年代には、政府は大々的にこの「多文化主義」を奨めていた。ところがもう一方で、最近では多文化主義に対する批判も多く

聞かれている。共存の難しさのみならず、文化が混じり合うことによって個々人が自分のアイデンティティを失うのではないかという危惧もその原因のひとつだろう。

『ハリー・ポッター』において、少なくとも表面的には多文化主義は称揚されている。ハリーの初恋の相手を中国系女性にしたり、有色人種の学生を舞踏会に民族衣装で出席させたり、不死鳥の騎士団にアフリカ系の登場人物を加えたりすることで、(多少留保付きではあるが)多民族の共存を強調しているとも言える。まずはその点を確認しておこう。

よく知られた事実だが、ハリーが初めて恋に落ちる相手は、一学年上のレイブンクロー寮の生徒チョウ・チャンである。その名前から、彼女は明らかに中国系である。ホグワーツのような名門私立学校で移民しかも東アジア系の生徒が他の生徒と仲良く共存しているという設定自体、『ハリー・ポッター』の元ネタになっている『ジェンキンズ』やイーニッド・ブライトンの小説から比べると大きな変化である。しかも、主人公ハリーの初恋の相手であり、彼女は二度も彼をふっている。『炎のゴブレット』の舞踏会で、ハリーは勇気を振り絞ってチョウを誘うが、彼女はセドリック・ディゴリーに誘われていたので断る。続く『不死鳥の騎士団』で、恋人セドリックの死後、チョウは精神的に不安定になってハリーにキスをし、思わせぶりな態度を取るが、学期の終わりには別の男児生徒とつきあいはじめる。それでいて、主人公を騙す悪者として描かれているわけでもない。また、映画版でも中国語訛りのある女優ではなく、ケイティ・リュンという自他共に認める「スコットランド人」の女優を起用することで、伝統的な東アジア人のイメージ——『蝶々夫人』(1898年、オペラ1904年)や『ミス・サイゴン』(1989年)——を払拭している。こういった表現はかなり「進歩的」であろう。

ケイティ・リュンの演じるチョウ・チャン

ホグワーツにおいては、こういった進歩的な表現は他にも見られる。『炎のゴブレット』の舞踏会では「イギリス式」以外の民族衣装も認められているようで、インド系であるパドマとパーヴァティのパティル姉妹はインドの伝統的な衣装をまとっていることが原作からもわかるし、映画版でもインドのアクセサリーやサリーを身につけている。チョウの衣装は、原作でははっきりしないが、映画版では原作の精神をくみ取ってか、チャイナドレスである。また、ヨーロッパの伝統的な祭事を思わせるパーティでありながら、ウィアード・シスターズという魔法界のロックバンドの楽曲――しかも1990年代にパルプという非常に「イギリス的」なバンドで一世を風靡したジャーヴィス・コッカーが作曲し、ボーカルを担当――を採り入れることで、この場面は伝統と現代性を融合しようとした試みであろうし、さらに民族衣装を許すという意味で、文化的な寛容さを前面に出していると言えよう。

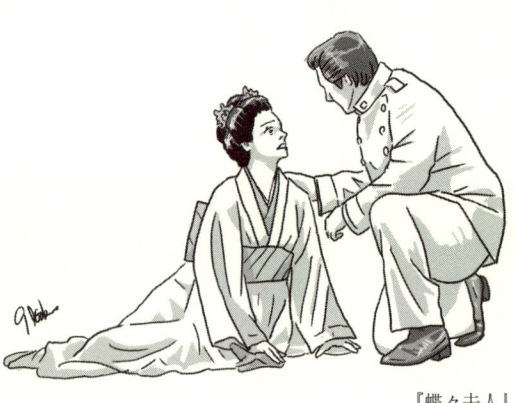

『蝶々夫人』

　ホグワーツの「多文化主義」は、民族的に画一的に見えるフランスのボーバトン校や東欧のダームストラング校とは対照的である。ボーバトンもダームストラングも白人ばかりで、エスニック・マイノリティがいるようには見えない。ボーバトンがフランスの現在の姿を映すのなら、もっとアラブ系やアフリカ系の生徒がいてもよさそうなものだ。ダームストラングはいろいろな国のイメージが混ざっているが、いずれにせよ東欧にいるはずのトルコ系やロマの人々がいるようにも見えない。この二校は人種的・民族的に非寛容な印象を与える。逆に言えば、こういった設定はイギリスの多文化主義を強調しているとも言えよう。

　多文化主義に対する配慮が見られるのは、ホグワーツのポリシーだけではない。不死鳥の騎士団も多文化主義的である。不死鳥の騎士団のひとり

キングスリー・シャックルボルト——正しい発音は「キングズリー」に近い——は「黒人」とされている（OP 49）。彼はシリーズの後半にしか登場しないが、重要な役割を果たし、しかも印象に残る人物である。『ハリー・ポッターと不死鳥の騎士団』で、ハリーたちはダンブルドア軍団を結成し、皆で集まって闇の魔術に対する防衛術の練習をするが、ついに捕まってしまう。魔法省からやってきたアンブリッジ先生は証人としてマリエッタ・エッジコムを呼び出していたのだが、キングスリーが彼女の記憶を「修正」し、ハリーたちはひとまず難を逃れる（OP 542-43）。その後、魔法省の神秘局に入ったハリーたちが危機に瀕した際にも不死鳥の騎士団の一員として救出にやってくる（OP 706）。『死の秘宝』では、マグルの首相の警護をする一方でウィーズリー氏とともにダーズリーに身の危険が迫っていると説得しようと尽力するが、ここで、ありとあらゆる偏見を持つ頑迷なダーズリーが唯一信頼している魔法使いが、意外にもキングスリーであることも明らかになる（DH 34）。2007年7月30日付のローリングへのインタビューによると、キングズリーがヴォルデモートの死後魔法省大臣になって魔法界の政治改革を推し進めたとされている。

　このように、『ハリー・ポッター』のシリーズには、少なくとも表面的な意味では多文化主義への配慮が見られ、白人系の登場人物と旧植民地出身とおぼしき登場人物たちが現代のイギリスでうまく共存しているかのような印象を与えている。前節で見たような帝国主義的なストーリーもあるのだが、シリーズを読んでいると反人種差別的でどことなくリベラルな雰囲気が感じられるのは、おそらくこういった「配慮」の影響が大きいものと思われる。

ジョージ・ハリス演じる
キングスリー・シャックルボルト

ハリー・ポッターと帝国　111

■多文化主義のほころび？

　ここで慌てて注釈をつけておきたい。『ハリー・ポッター』における「多文化主義」は非常に表面的に見える。これが、作者ローリング自身が多文化主義の軽薄さを批判したかったためか、それともこの点において彼女があまり深く考えなかったためかはわからない。ただ、「配慮した」がゆえに、逆に「配慮が届いていない」ところが目立ってしまうのも事実である。簡単に言えば、非キリスト教徒への配慮があまり見られないのである。

　宗教は、多文化主義を推進する際に問題となりやすく、イギリスでも多文化主義を進めるにあたって争点となったのが「信仰学校」（faith school）のあり方であった。これはそもそもキリスト教の教会が運営する学校を「教会学校」（church school）と呼んでいたことに、他宗教への配慮が欠けるとして新しく名前をつけ直したものである。これらは独自の宗教教育をすることが許されているが、公的な補助を受け、他の学校と同等の扱いを受けている。特に1990年代からイスラムの信仰学校が増えたが、カリキュラムの内容などをめぐってしばしば議論になる。生徒の信仰生活に合った教育をすることはよいが、イギリスに対する忠誠心や愛郷心を失わせる教育であってはまずい、ということである。全体としてみれば、キリスト教系の信仰学校がイングランドだけで6,000校以上あるのに対し、イスラム教系はたったの7校である。にもかかわらず、「信仰学校の問題」というとイスラム教系の学校の「問題」ばかりが議論される傾向にある。イスラム教徒はイギリスの全人口の3％、ロンドンの全人口の9％を占め、キリスト教についで二番目に大きな宗教であり、パティル姉妹を演じた女優二人もともにイスラム教徒の家庭に育っている。

　ところが『ハリー・ポッター』には、祭事という面でヨーロッパ古来の異教的要素はあるにしても、キリスト教以外の宗教に配慮したようなところは見あたらないし、食事の面ではイスラム教やユダヤ教の生徒に配慮したようには思えない。特に食事の場面が何度も登場する映画版では、毎回のように山のように盛られたソーセージ——イスラム教徒やユダヤ教徒は、

豚肉は食べられない——がある一方で、多様な人種がいるにもかかわらずハラールやコーシャーの食品——イスラム教徒が羊肉などを信仰上食べても問題がないよう処理したものを「ハラール」、ユダヤ教徒が信仰上食べられるものを「コーシャー」と呼ぶ——が置かれている様子もないし、ベジタリアン用の皿があるようにも見えない。一見したほど「多文化主義的」ではないのだ。

▲ハラールのマーク　▲コーシャーのマーク

　もちろん、こういった指摘は「揚げ足取り」に近い。『ハリー・ポッター』は英語圏というキリスト教徒が多数派を占める読者層を主なターゲットとしている。したがって、あからさまに「反キリスト教的」な題材を扱う以上、まずはキリスト教徒の読者が離反しないよう、キリスト教的側面を強調せざるを得なかったのかもしれない。げんに、英語圏で出版されている主な『ハリー・ポッター』論集——『ハリー・ポッターを読む』（2004年）、『ハリー・ポッターを読み直す』（2009年）、『ハリー・ポッター批評論文集』（2009年）——でも「キリスト教的か、反キリスト教的か」というテーマの論文は多く見られる（そして、こういった論文を書く人の多くがキリスト教徒であり、『ハリー・ポッター』のファンであるからか、「キリスト教的だ」という結論に落ち着く）。これに対し、ユダヤ教徒やイスラム教徒に対する配慮を欠くといった指摘は一切見受けられない。

　とは言えどもやはり、ターバンを巻いたクィレル先生が大悪党ヴォルデモートのいいなりになる臆病者で、イスラムの儀礼や食事にまったく理解がない、というのはやや配慮に欠けるのではないだろうか。こういった思いになってしまうのも、おそらくはこのシリーズの多文化主義や異文化間交流がやや貧弱だからかもしれない。

　『ハリー・ポッター』には、文化の接触や交流があまり見られない。これは、たとえば『ハリー・ポッター』よりも50年も前に書かれた『指輪物語』や、さらにその30年も前に書かれた『ドリトル先生』と比べても、である。ホグワーツの生徒間で人種や民族の違いが問題になることは一度も

なく、逆に言えばすべてが白人系イギリス人の文化に「同化」してしまっているかのように見える。一方、『指輪物語』では、異なる種族が異なる言語を使い、異なる世界観を持ち、それが時として接触して新しい展開を引き起こす。また、近年は「人種差別的」として表現が差し替えられるなどの憂き目に遭っている『ドリトル先生』でも、異文化接触はもっと大きな事柄として描かれている。南條竹則は『ドリトル先生の英国』（2000年）で「人種や生物種も乗り越え」た「友情」に着目する一方で、「今日の尺度からすれば、偏見や心ない表現と思われる部分が皆無ではない」と、そこに見られる作者ヒュー・ロフティングの限界も指摘する。さらに、そういった限界を持つロフティングが自身の偏見をむしろ俗物的な登場人物（登場動物？）に託し、ドリトル先生には「人種や生物種も乗り越え」た理解や寛容の心を持つことの重要性を説かせていたことに注目する（南條175-77）。

南條竹則
『ドリトル先生の英国』

「ある種類の動物が、他の種類の動物に対して反感をもつとか、けぎらいするとかいうことは、馬鹿げた、まったく理由のないことだ。わしは、どんな生き物にたいしても、決してそんな気持をもったことはない。わしにしても、とくに好きこのんで、ウジ虫やカタツムリと親友になるつもりはない。しかし、そういう虫がきたないとか、自分より値打ちがないとか考えたことはない。わしは、ぜひともダブダブに、よく話しておかねばならん。…」

（『月からの使い』、南條177）

中国系の女の子に恋に落ちるとか、舞踏会でサリーを着るとか、そういった表面的な多文化主義よりも、ドリトル先生の言葉のほうにより含蓄があると思えてならない。そのように考えると、ローリングはなぜそんなに多文化主義に配慮しているふりをしなければならなかったのか疑問に思えてくる。

■グロープはなぜ森に住むのか？

　これまで、『ハリー・ポッター』が「帝国主義」へのノスタルジアを隠し持っていて、その一方で現代的な多文化主義にも配慮しようと努力した作品であることを見てきた。そのふたつを結ぶのが、植民地主義への反省であろう。帝国主義の頃のイギリス文化への憧れは持ちつつも、その負の遺産を反省しなければならないという罪の意識から、表面的にでも多文化主義への配慮を見せようとしているのではないか。

　ホグワーツを見ていて興味深いのは、（我々の知るような意味での）人種差別はなさそうなのに、見方を変えると見慣れた人種差別が浮き出てくる、ということだ。

　チョウ・チャン、パティル姉妹、ディーン・トーマスといった生徒は特段悪く描かれているわけではないし、そういったエスニック・マイノリティの生徒が他の生徒とトラブルを起こすこともない。「いじめ」の対象になるのはネビル・ロングボトムやルーナ・ラブグッドといった白人系の生徒ばかりである。それも「逆差別」をおこなっているというよりは、人数的に白人系の生徒が多いため、必然的にいじめっ子やいじめられっ子になることが多くなる、という程度のことであろう。

　しかし、ひとたび見方を変えると様相が違ってくる。「人間」と異なる人たちに注目してみよう。我々の現実世界で特定の人々が受けているような不当な仕打ちを彼らが受けているとすれば、空想上の生き物の話なんだからと笑ってもいられなくなる。

　特に注目しておきたいのは巨人のグロープである。巨人はヨーロッパの神話にも多く登場するし、『ハリー・ポッター』においても、ハグリッドが人間と巨人の「混血」であり、彼が使う方言にはコーンウォールなどに残るものが使われているから、ある程度はイギリスの先住民族を意識して描かれているだろう。しかし、この作品での巨人の扱いは、まるでオーストラリアの先住民族を思いださせもするのだ。

　グロープはハグリッドの弟であるが、ハグリッドは半分人間であり、グ

ハリー・ポッターと帝国　115

ロープが純粋な巨人であるため、ふたりの境遇はずいぶん違ってしまう。ハグリッドは普通の人間たちとともに暮らす一方で、グロープは隠れて生活せざるを得ない。魔法界のイギリスでは、巨人は魔法使いから極端に嫌われているらしい。教育を受ける機会もなく隔離されているために英語が話せず、虐殺などの憂き目に遭って現在では70〜80人しかいない（OP 377）。捕獲された場合には巨人の間での親戚関係や友人関係などは考慮せずに収容されるようだ。ハグリッドは言う。

グロープ

> 「残っているのは80人くらいだ。巨人はむかし、世界中で100種類以上もいたはずなんだがな。何年もの間にどんどん死んでいっとる。もちろん魔法使いにも殺されたが、たいていは仲間割れで殺し合う。あんなふうにまとめられて一緒に住むようには生まれついとらん。ダンブルドアはわしらのせいだと言っていた。魔法使いが巨人たちを追い出したから、巨人たちは身を守るためには人里離れた場所で一緒に暮らすしかなかった」（OP 377-78、中略は引用者）

差別心の強い魔法使いたちに収容されるだけではない。善意のある人からは英語を教えこまれる（OP 611）。古くからイギリスに住んでいるにもかかわらず、彼らは魔法使いたちによって共存不可能とされ、純粋な巨人たちは殺されるか、よくても隔離されて死滅させられる。混血であれば（底辺とはいえ）魔法使いたちの社会に入れられ、同じように教育を受け、万一才能があればハグリッドのように名門校で職を得たりもする。

　このような状況は、ケルト系やもっと古いイギリスの先住民族にも起こ

ったのかもしれない。そういった古代史と結びつけるほうが、魔法使いと巨人の物語としては適しているようにも思われる。ケルトの文化や「森」は古来よりヨーロッパ人の想像力をかきたててもきた。しかし、グロープの「奇妙なぶかっこう」さや知的発達の遅れ（OP 611）、言語の壁などを考慮すると、むしろイギリス植民地のオーストラリアにおけるアボリジニに対する差別のほうが近いように見えてくる。映画『裸足の1500マイル』（2002年）およびその原作『ウサギよけフェンスをたどって』（1996年）で有名になったように、オーストラリアでは、当時知的発達が遅れているとされたアボリジニに対する人種隔離政策が敷かれ、白人の血が混じった子供たちは「進んだ文明」で育てられるべきとして親元から引き離された（cf. Broome 136-37, 198-200）。後者は「盗まれた世代」と呼ばれる。こうした迫害や人種差別政策の全貌はまだ明らかになっていないものの、ニューサウスウェールズ州政府の『盗まれた世代――1883年から1969年のニューサウスウェールズにおけるアボリジニ児童強制移住』（1981年）や政府司法局の『家に帰る――アボリジニおよびトーレス諸島民児童の家族からの離脱についての調査報告』（1997年）といった報告書で近年広く認知されるようになった。オーストラリアの周辺的な歴史として誰からも顧みられなかった過去が、『ハリー・ポッター』の執筆開始と同じ頃に突然脚光を浴びることになったのだ（Huggan 97-98）から、先の巨人の描写に影響を与えたとしても不思議ではない。

　現在国策として多文化主義を推進するオーストラリアには、白人至上主義・人種差別主義の長い歴史がある。18世紀末にイギリスはオーストラリアを「発見」し、入植を開始する。当時から、アボリジニと呼ばれた先住民たちは迫害され、白人中心の植民地が形成された。19世紀前半のタスマ

オーストラリアの「盗まれた世代」を象徴的に示す写真

ニア島が象徴的な例であろう。白人入植者は現地のアボリジニ――パラワと呼ばれるタスマニアのアボリジニ――と衝突すると、彼らを武力で威圧し、なかば強制的に狭い島へと移住させ、その地でアボリジニたちは劣悪な環境や白人たちがもたらした疫病によって死滅した。1876年にトルガナンナと呼ばれていた元奴隷の女性が亡くなり、純血のパラワは絶滅したとされている。彼らは死後も「原始性」を示す標本となって当時の人類学研究の対象とされた（Broome 103-06）。1869年から1969年までの間、オーストラリア政府と一部のキリスト教会は、当時の優生学的な思想に基づき、名目上はアボリジニの保護を理由にアボリジニを隔離した。1869年のアボリジニ保護法や1886年の混血条例を受け、白人の血が混じった子供たちを強制的に白人社会で育てることが積極的に奨められた。アボリジニという優生学的に「劣る」血を薄め、世代を経て白人に同化させようと考えたのだ。1850年代のゴールドラッシュ以降の中国系移民の流入にも反発を示し、1901年の移民法――露骨に人種による制限を謳うものではないが、ヨーロッパ言語の読み書きを移民の条件とすることで、遅れた教育環境に置かれた非白人の流入を拒絶した――以降、1973年まで「白豪主義」と呼ばれる政策を続けた。その後大きく政策を転換し、2008年には当時の首相ケヴィン・ラッドが児童隔離政策についてアボリジニに対して公式に謝罪した。しかし、ドキュメンタリー映画『アワ・ジェネレーション』（2010年）に見られるように、それでも差別の現状は変わらないと告発する声もある。

　もちろん、『ハリー・ポッター』の巨人と現実のオーストラリアの先住民とはかなり隔たりがある。しかし、ホグワーツを「多文化主義」の理想郷として描いているように見える一方で、現実に大英帝国内でおこなわれていた人種差別と構造的に近い差別が魔法界の「異人種」にもおこなわれているという事実は、このシリーズに深い影を落とす。ストーリーから垣間見えた帝国主義時代へのノスタルジアと、現在の多民族共生への楽観的な希望との間には、こういった暗い過去に対する罪悪感が潜んでいるのかもしれない。

　イギリスの児童文学やファンタジーには、多かれ少なかれこのように植

民地主義の歴史が影を落としている。『ハリー・ポッター』だけが特別なわけではない。『指輪物語』の『二つの塔』に登場する木の人であるエントは、人間や魔法使いたちによってその住処を奪われ、いわば隷属してきた植民地人の象徴的存在である。彼らは、ホビット（人間に似た小柄な種族で、『指輪物語』ではホビットのフロド・バギンズが主人公）のメリーとピピンの呼びかけもあって人間たちとともに戦い、冥王に仕えるサルマンの居城アイゼンガルドを攻略する。一方、『ハリー・ポッター』の巨人は、オランプ・マキシームの呼びかけもむなしくヴォルデモート側についてしまう。それまでに彼らが魔法使いたちから受けた仕打ちを考えると、どちらの味方にもつく義理はないし、たまたま説得力があったほうになびいたとしても無理はない。その意味で、『ハリー・ポッター』のほうが現実的で、またイギリス人の罪悪感をはっきりと映し出しているのかもしれない。

第6章 ハリー・ポッターと映画監督の陰謀

HARRY, STEP BACK A LITTLE BIT, WILL YOU?

OK, HARRY!

■バックビークの「処刑」

　『ハリー・ポッター』の世界的な人気に貢献したのは、言うまでもなく映画である。映画化以前からイギリスでは広く読まれていたのだが、映画にならなければここまで裾野が広がることはなかったであろう。日本では、いまや映画から『ハリー・ポッター』を知った人が多数派であろう。もちろんファンの間でも、原作のイメージを映画がどれだけ伝えているか、自分のお気に入りのエピソードが省略されていないか、など話し合われることは多いだろう。原作のみならず、映画について考えることは、『ハリー・ポッター』を知る上で大事なことでもある。

　小説と映画では媒体が異なるので、同じストーリーを扱っても当然違ったものになる。もちろん、長編小説と映画がまったく同じストーリーを持つことは極めて稀であろう。商業映画にはある程度長さの制約もある。たとえば原作で800ページもある小説を「2時間半以内の映画にしろ」と言われても、そもそも無理な話である。（フランスの映画監督ジャック・リヴェットのように13時間もかかる超長編を作る映画監督もいるが、通常商業ベースでは成り立たない。）だが、仮にまったく同じストーリーで同じ台詞であったとしても、違ったものになる。小説は言葉しかない分、人の服装や事物について書き込みが完全でないところは読者が想像力で補う。一方、映画は「書き込」まないわけにはいかないので、登場人物にはたとえ記述がなくともふさわしい服を着せ、その場面にふさわしい場所で、ふさわしいカメラの角度や光源を選んで撮影する。すると、今度はその服装からセット、ライティングからカメラのアングルや焦点距離、フィルタの有無などがすべて意味を持ちはじめてしまう。となれば、仮に監督が「原作を忠実に再現しよう」としか考えていなかったとしても、できあがった作品は原作とは違うものになる。

　たとえば、『ハリー・ポッターとアズカバンの囚人』に、空想上の動物ヒッポグリフのバックビークを「処刑」する場面がある。ヒッポグリフは誇り高い動物なのだが、ハグリッドが世話しているバックビークは無礼なド

ラコ・マルフォイに軽傷を負わせてしまう。ドラコの父ルシウスが圧力をかけ、裁判になり、結局バックビークは殺処分されることになる。ハグリッドの小屋にいたハリー、ロン、ハーマイオニーの3人は、見つからないようにそこを抜けだし、そしてバックビークが殺される音を聞く（実は殺されておらず、逆転時計を使ってハリーとハーマイオニーが助ける）。

この場面の末尾は、原作では音による「処刑」の表現とスキャバーズの不審な動きが特徴となっている。

> 彼らは前に進んだ。ハリーはハーマイオニーと同じように、向こうの話し声を聞かないようにした。ロンがまた立ち止まった。
> 「こいつが抑えきれないんだ。スキャバーズ、静かにしろ。聞こえちゃうじゃないか——」
> ネズミはキーキーと甲高い鳴き声を上げたが、ハグリッドの庭から聞こえてくる雑音をかき消すほど大きくはなかった。男たちのよくわからない話し声がしていたが、ふと途切れる。すると何の前触れもなく、ヒュッという斧を振り上げたときの音がしたかと思うとドサッと落ちた。
> ハーマイオニーはその場に立ち尽くしたまま震えていた。
> 「あいつら殺したのよ！」彼女はハリーにささやいた。「信じられないけど、やったのよ」（PA 357）

三人は音だけでバックビークが処刑されたと判断しているので、この後時間を逆戻りしたハリーとハーマイオニーがバックビークを救出したとしても、矛盾しない。視点はハリーにあるが、彼はハーマイオニーの言葉を受けて殺されるところは見ないでおこうと決心するから、音だけしか聞いていなかったとしても不自然ではない。ところが、この一節で印象深いのはスキャバーズである。見つかってはいけない彼らを遅らせ、はらはらさせるからだ。ロンはいなくなっていた——もっと言えばハーマイオニーの猫クルックシャンクに食べられたと思っていた——ネズミのスキャバーズを見つける。このスキャバーズは、実はハリーの両親をヴォルデモートに売

ハリー・ポッターと映画監督の陰謀

った（そしてその罪をシリウス・ブラックになすりつけて死んだふりをしていた）ピーター・ペティグリューである。したがって、シリウス・ブラックが脱獄した今となっては、自分の立場が危うい。このスキャバーズの不審な行動は、そういった重要なプロットの伏線にもなっているのだ。

映画では、同じようにはいかない。そこで、スキャバーズの正体がわかる場面への伏線を作るのをやめ、死刑の残酷さや三人の人間関係に焦点を当てている。

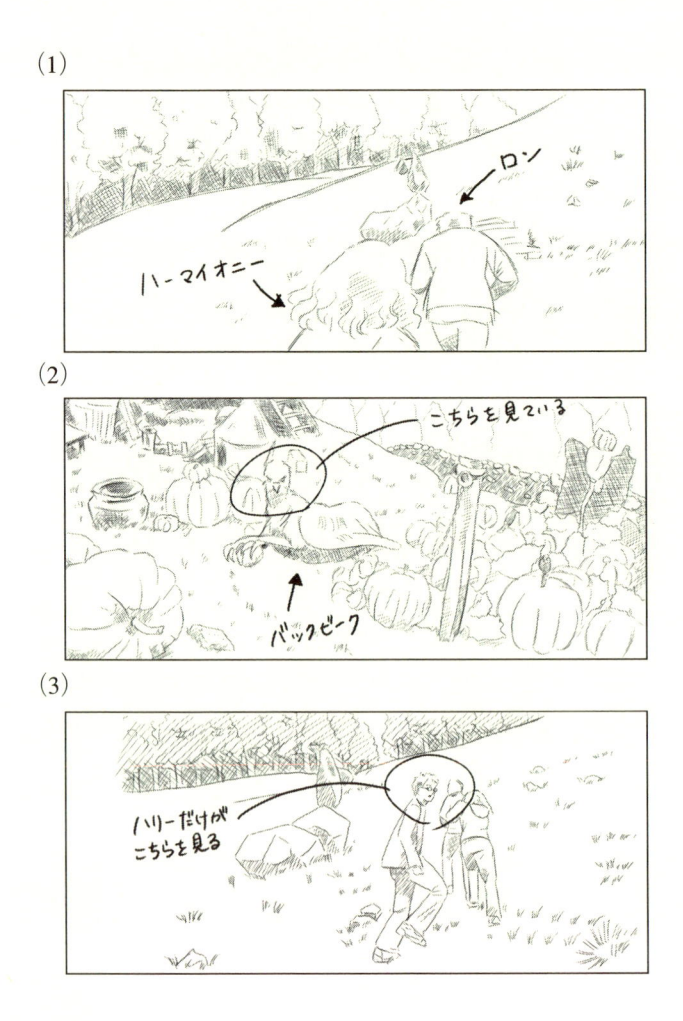

(1)

[図：ロン、ハーマイオニー]

(2)

[図：こちらを見ている、バックビーク]

(3)

[図：ハリーだけがこちらを見る]

124　大学で読むハリー・ポッター

(4)

(5)

(6)

　この場面ではローアングルとハイアングルを使い、地形的な特徴を示すだけでなく、登場人物の無力さを浮き彫りにしている。逃げるハリーたちは仰角で捉えられる（図（1）、（3））が、一方でバックビークは図（2）のようにハイアングルで見下ろされる。このことで、鎖に繋がれて処刑を待つバックビークの無力さが強調される。比較的短いショットで登場人物をローアングルで撮る場合、登場人物の権力や威圧感を印象づけることが多いが、自然の雄大さがあらかじめ強調されており（図（1）、（3）、（4））、しかもハリーたちの表情が一貫して不安げで悲しいものである（図（3）、（4）、

ハリー・ポッターと映画監督の陰謀　125

(6))ため、立場的にバックビークを救えたかもしれない彼らの無力さもはっきりと描き出している。

　一方で、その無力さと対比させられているのが命を奪う行為の残忍さである。音しかない原作と違い、映画ではあえてこの場面を視覚化するというリスクをおかしている。(5)のように、中世の死刑執行人のような風貌の人物が斧を振るうせいで、この「処刑」の残忍さが印象づけられる。現実に登場人物の誰かが我々が目の前にしている斧のクローズアップ――ちなみに、英語でclose-upはむしろ「クロウス・アップ」と発音するのが正しい――が見えるような位置にいたとすれば、当然バックビークが処刑されていないこともわかるはずだ。ここではそういったリスクをおかしながら、振り上げられた斧の映像と振り下ろされる音という「死刑」の場面の紋切り型を用いることで、残酷さを強調する道を選んだ。斧が振り下ろされると同時にカラスが飛び立つのも、同様に象徴的な効果をもたらすだろう。カラス、とりわけワタリガラス（raven）は、ホグワーツの寮レイブンクロー（Ravenclaw）の名前にも使われているが、死をもたらす神の使いだとも考えられてきた。このカラスの羽ばたきや鳴き声も、凄惨な死を連想させる。

　さらに付け加えると、かすかに見上げているように見えるバックビークのショットのあとで後ろをちらっと向くハリーのショットがある（(2)～(3)）ので、「ショット・リバース・ショット」のような効果が生まれる。ショット・リバース・ショットとは、向かい合う登場人物Aと登場人物Bをふたつ以上のショットで表現する編集方法で、アイライン・マッチの一種である。アイライン・マッチとは何かスクリーンの外にあるものを見つめる登場人物を映すショットに、先程のショットに現れていなかったものを映すショットを続ける編集方法で、これによって登場人物は次の場面に現れた風景を見ているかのような錯覚に陥る。ショット・リバース・ショットでは、Aが誰かを見つめているショットのあとにBが誰かを見つめているショットをつなぎ、これによってAとBが見つめ合っているという物語を作り出す。ここに会話はないのだが、以前ハリーにだけ心を開いたバックビークとハリーの間に特別な友情があるかのような印象を受けるのだ。

こういった「無言の会話」のたぐいは、(6)で最後にハーマイオニーがロンに少し寄り添うところにも見られる。これは、後にふたりの関係が発展していく伏線となる。

　つまり、同じ場面でも原作と映画では異なった印象を与えてしまうものであり、異なったエピソードの伏線になることもある。こういった微妙なずれが積み重なり、原作と映画では力点が違っている、もっと言えば違う物語になっているように見えることすらある。

　この章では、『ハリー・ポッター』の映画化作品を検討してみたい。とりわけ、それによって原作からどのように変化したかを探ってみよう。とりわけ、原作が1本の映画にするには長すぎる『ハリー・ポッターと不死鳥の騎士団』、原作とあえて異なる世界を作っているように見える『ハリー・ポッターとアズカバンの囚人』に注目してみる。

■登場しないリリー・ポッター

　原作シリーズの中で最も長い『ハリー・ポッターと不死鳥の騎士団』は、小説の映画化としてはとても興味深い。原作を忠実に再現できないことが新たな表現を生んでいるからだ。

　『不死鳥の騎士団』の原作は800ページほどある。これを一本の映画にすること自体が不可能に近い。もちろんシリーズ物である以上、今回は大事な要素でなくても次の映画で意味を持つというたぐいの細部もあり、これらを省いてしまうわけにはいかない。したがって、原作にある程度忠実にならざるを得ない。しかし、現実には細部に至るまですべてを再現するわけにはいかない。そこで、映画制作者は何をどう省略するかを決めなければならない。『ハリー・ポッター』の場合、サブプロットやクィディッチの試合を省略するのが定番だろう。

　一方で、他の理由からも「映像による忠実な再現」は難しい。『ハリー・ポッター』は物語が進むにつれ「ダーク」な場面が増える——両親を殺さ

れた少年が極悪の魔法使いに復讐するという物語なので、「ダーク」でないわけがない——が、それをどのように映像化するかも大きな課題である。言葉であれば、即物的な表現を避けたり、視点人物の内面を描いたりすることで、読者が必要以上の関心をグロテスクな事物に向けてしまうのを回避できる。ところが、そういった場面を映像で忠実に再現しようとすると、グロテスクさだけが目立ってしまうかもしれない。『ハリー・ポッターと賢者の石』や『ハリー・ポッターと秘密の部屋』はそれらを「毒抜き」するという道を選んでいる。超人気シリーズの映画化第一作、第二作ということもあってリスクをおかすことを避けたのか、もともと『ホーム・アローン』のような子供向き映画で有名なクリス・コロンバス監督の資質によるものなのか、原作よりも「明る」く「健全」にすることに主眼が置かれているようだ。原作で印象を残すダークな部分は——多くのディズニー映画のように——「毒抜き」されている。もともと初期のディズニー映画は、主なターゲットとしていたアメリカの富裕なミドルクラスの趣味を反映し、「汚れた現実」——なかには性的な表現をも含む——を省いたり、「問題」のない表現にすり替えたりすることで、昔話や名作文学を映画化した。しかし、こういった「毒抜き」はもともと「ダーク」な部分が大きい作品の映画化には向かない。したがって、大人の観客が「つまらない」と考えたとしても不思議ではない（事実、この2作品の映画としての評価は高くない）。これ以降の作品は安易な「毒抜き」は避けているものの、どうやって原作の「ダーク」な部分を表現するかは難しい問題である。

　『不死鳥の騎士団』はこれらの問題を、サブプロットを省略し、「ダーク」な場面をより普遍的で象徴的な表現に置き換えることで解決しているようだ。

　これを、『不死鳥の騎士団』で最も衝撃的なエピソードのひとつを例に検討してみよう。『不死鳥の騎士団』で多くの観客が驚いたのは、ハリーの父ジェームズがスネイプをいじめていたという事実であろう。これまですばらしい人物だと思われていたジェームズは、実は学生時代に仲間たちと一緒にスネイプをいじめ、残酷な仕打ちを与えていた。そしてスネイプを助けたのが後に彼の母となるリリーである。まず、ヴォルデモートが使う開

心術から身を守る閉心術をスネイプ先生から習っている最中に、ハリーは偶然スネイプ先生の過去を垣間見てしまう。その後、気になった彼は好奇心を抑えきれず、記憶をためておくペンシーブからスネイプ先生の過去に入り込み、その全容を知ることになる。

　原作では、このエピソードは以下のように3つの場面から構成されている。まず、最初の閉心術のレッスンの直後、ハリーはスネイプの不審な行動に気づく。

　　「ポッター、注意しておけ。お前が練習したかどうかはわかるからな……」
　　「わかりました」とハリーは口ごもりながら言った。鞄を持ち上げて肩にかけて背負い、研究室のドアに急いだ。ドアを開けながら振り返ってスネイプを見ると、彼はハリーに背を向け、ペンシーブから杖を使って器用に自分の記憶を取り出し、頭の中にしまいこんでいた。ハリーは何も言わずに後ろ手に丁寧にドアを閉めた。額の傷はまだずきずき痛んでいる。(OP 475)

この後、次のレッスンでハリーは一瞬「自分のものではない誰かの記憶」を垣間見てしまう（OP 521）。その後、好奇心に駆られてスネイプのペンシーブを見る（OP 563）。そこでハリーはこのふたつを結ぶ衝撃的な事実を知ってしまう。ジェームズやスネイプたちが魔法界での統一試験O.W.L.sを受験した直後の場面である。以下、長くなるが引用する。

　　「やあ、スニヴェラス」とジェームズが大声で言った。
　　スネイプはまるで攻撃を予期していたかのように素早く反応した。鞄を落とし、ローブの中を手で探って杖を取り出そうとするやいなや、ジェームズが「エクスペリアーマス！」と叫んだ。
　　スネイプの杖は3メートルほど宙を舞い、後方の芝生にバサッと落ちた。シリウスはけたたましく大笑いした。
　　「インペディメンタ！」とスネイプに杖をかざした。スネイプは

吹き飛ばされた自分の杖を拾おうと飛び出していたが、途中で転ばされてしまう。
　周りにいた生徒たちはみな彼らを見ていた。立ち上がったり、見やすいようにちょっと近くに寄ったりする者もいた。心配そうにしている生徒もいれば、楽しんでいる生徒もいる。……
　「試験はどうだった、スニヴェリー？」とジェームズが言う。
　「こいつを見ていたけど、鼻が解答用羊皮紙についてたぜ」と意地悪そうにシリウスが言う。「解答が鼻水だらけで何が書いてあるか読めないんじゃねえか？」
　見ていた生徒は笑っていた。スネイプは明らかに人気者ではなかった。ワームテールは甲高い声で忍び笑いをしていた。スネイプは立ち上がろうとしたが、呪文がまだ解けない。目に見えないロープで縛られたように彼は身もだえしている。
　「待て」あえぎながらジェームズを見つめたその目には、憎悪以外の何もなかった。「待て」
　「待つって、何を？」シリウスが冷たく言い放った。「何をするつもりだ？　おれたちに鼻水をなすりつけるのか？」
　スネイプは悪態と呪文を続けざまに発したが、彼の杖が3メートル向こうにあっては何の効果もない。
　「口を洗えよ」ジェームズが冷たく言う。「スカージファイ！」
　ピンクの泡が一気にスネイプの口から溢れ出た。泡が唇まで覆い、息が出来なくなっていた。
　「やめなさいよ！」
　ジェームズとシリウスは振り返った。ジェームズは空いている手で慌てて頭をかいた。……
　「やあ、エバンズ？」そう言ったジェームズは、さっきより快活で、低く大人っぽい声になっていた。
　「やめろって言っているのよ」リリーは繰り返した。彼女は明らかな嫌悪のまなざしでジェームズを見ていた。「彼があなたに何をしたって言うの？」

「そうだねえ」とジェームズは熟慮するふりをして言う。「何をしたかっていうよりこいつの存在自体が問題っていうか……」……

「ウケているなんて思っているかもしれないけど」彼女は冷たく言う。「あなたは横柄で、弱い者いじめしかできないクズよ。呪文を解いてあげなさい」

「君がおれと付き合ってくれたら呪文を解いてやるぜ」とジェームズはすぐに答えた。「付き合ってくれたら、こいつには二度と呪文をかけないことにしてやろう」……

「あなたと巨大イカのどっちかを選べって言われたって、あなたなんか選ばないわ」

「運が悪かったな、プロングズ」シリウスはそっけなく言うと、スネイプの方に振り返った。「おい！」

だが遅すぎた。スネイプはジェームズに杖を向けていた。杖から閃光が放たれたかと思うと、ジェームズの顔に傷ができ、ローブに血飛沫がかかった。ジェームズはひらりと身をかわし、次に杖から閃光があがったかと思うと、スネイプは空中に逆さ吊りにされていた。ローブは頭にかかり、やせこけた青白い脚と薄汚れた下着が見えた。……

「やめさない！」リリーは叫んだ。彼女は自分の杖を取り出していた。ジェームズもシリウスも不安げに見ていた。

「エバンズ、君に呪文をかけさせないでくれ」ジェームズは真顔で言った。

「じゃあ、魔法を解いてあげなさい！」

ジェームズは深くため息をつき、スネイプの方を向いて対抗呪文を唱えた。

「これでいいだろ？」ジェームズが言うと、スネイプがなんとか地面に降り立った。「エバンズがいて運がよかったな――」

「彼女のような汚れた血の助けなど私には必要ない！」

リリーは目を丸くした。

「いいわ」冷たく言った。「もう私は何もしない。でも私ならまず

パンツを洗うわね、スニヴェラス君」
「エバンズに謝れよ！」ジェームズはスネイプを怒鳴りつけ、杖を向けて脅した。
「あなたなんかに謝らせてほしくないわ」リリーは大声で言うと、回り込んでジェームズを見た。「ふたりとも目くそ鼻くそよ」（OP 569-71、省略は引用者）

ここで、特にジェームズとシリウスがスネイプをいじめている様子が明らかになる。いくらスネイプが「人気者ではなかった」にせよ、ここでのいじめは情状酌量の余地のない、かなり悪質なものである。「鼻水をすする」（snivel）という言葉にかけた「スニヴェラス」（Snivellus）や「スニヴェリー」（Snivelly）というあだ名をつけ、勉強の不出来をからかい、転ばせて体の自由を奪った上、口から泡を吹かせて窒息寸前にまでする。さらに、宙吊りにして下着をさらす。思春期の少年が受けるいじめとしては最も屈辱的なものだ。その後の「更生」を考慮しても、簡単に許容できるようなタイプの「悪ふざけ」ではない。「まるで攻撃を予期していたかのように」という言葉からも、スネイプは日常的にこのようないじめを受けていたことがわかる。ハリーが尊敬する父や名付け親がひどいいじめをしていたことが発覚する衝撃的な場面だ。

ジェームズのリリーに対する態度もまた、彼の欠点を露呈させている。「君がおれと付き合ってくれたら呪文を解いてやるぜ」という台詞には、ジェームズの横柄さがはっきりと見て取れる。運動と勉学に長け、友人を多く持ち、何もかもが思い通りになると考えているかのようだ。しかもそのことを「明らかな嫌悪のまなざし」で見つめるリリーに指摘されても何とも思っていない。この場面で彼が改心する兆しはまったく見られず、読者はスネイプがハリーに対してこれまで冷たい態度をとってきた理由をいくぶんか理解する一方で、この後どのようにしてジェームズが改心したのか――あるいはしなかったのか――不思議に思うかもしれない。

さらに、スネイプの複雑な過去を示すヒントも与えられている。「彼女のような汚れた血の助けなんか私には必要ない！」という言葉だ。読者はこ

れまでに「汚れた血」（Mudbloods）という言葉が、非魔法族であるマグル出身者を指す最大の差別語であることを知っているので、「目くそ鼻くそ」というリリーの言葉も納得のいく反応である。これによって、読者のなかにあったジェームズの悪質ないじめに対する非難が、いくぶん弱まるかもしれないくらいだ。しかし、これをスネイプのマグルに対する偏見だと早合点してはいけない（彼もハリーやヴォルデモートと同様に「混血」で、父はマグルである）。

　ここではまだわからないが、『死の秘宝』でハリーがスネイプの死後、彼の記憶をたどったとき、事態はそんなに単純でなかったことがわかる。スネイプはもともとリリー・エバンズとは友達で、リリーが魔法使いであることを彼女に知らせ、魔法界のことをいろいろ教えたのも他ならぬ彼だったのだ（ジェームズはリリーが初めて見かけたときから周囲の人間の気持ちを考えないいじめっ子であった）（DH 532-34, 534-36, 539）。しかし彼がスリザリン寮の死喰い人たちと近づくにつれ、ふたりの間に溝が生まれる（DH 540-41）。そして、先の発言をスネイプは心から悔い、直接謝るのだが、リリーはその謝罪を受け入れなかった（DH 542）。彼女は「あなたは自分の道を選んだの、私もよ」と言っていることから、この発言があろうがなかろうが、死喰い人たちと友達になっていたという理由で彼女はスネイプと縁を切っていたものと思われる（DH 542）。この台詞はリリーにとってはきっかけにしか過ぎなかったのだろうが、スネイプにとっては一生悔やまれる発言となった。

　このような文脈を考慮すると、「彼女のような汚れた血の助けなんか私には必要ない！」という言葉は、当時のスネイプにとって精一杯の強がりでもあり、その後の彼にとっては一生後悔する言動にもなる。自分が密かに愛していた——おそらく初恋の——同級生が次第に自分から離れていき、その代わり自分をいじめ、自分が最も嫌う男子学生のグループに近づいていくように感じている。しかも、思春期の多感な時期にその意中の女性の目の前で屈辱的な姿をさらしているのだから、心中穏やかなはずもない。できれば自力で難を脱し、いじめっ子に一泡吹かせてやりたかったところだろう。差別語を使うのが正しいわけではないが、ここではそういった文

脈を考慮しないとスネイプの真意はわからない。そして、このことがいかに重大な影響を彼に与えたかは想像に難くない。いずれにせよ、不完全なかたちで過去の出来事を知り、そこに衝撃的な台詞があったことから、読者は——ハリーが持ち続けたように——スネイプの過去に対する関心を持ち続けることになる。

　ところが、映画では状況が異なっている。これは単に3つの場面がひとつ——ハリーが閉心術を習っている際に偶然スネイプの過去を垣間見る場面——に圧縮されただけではない。リリーを登場させないなどいじめの場面を大幅にカットし、記憶を断片的な映像で示したおかげで、ストーリーも美学的な効果も原作とは別物になっている。以下、詳細に見ていこう。

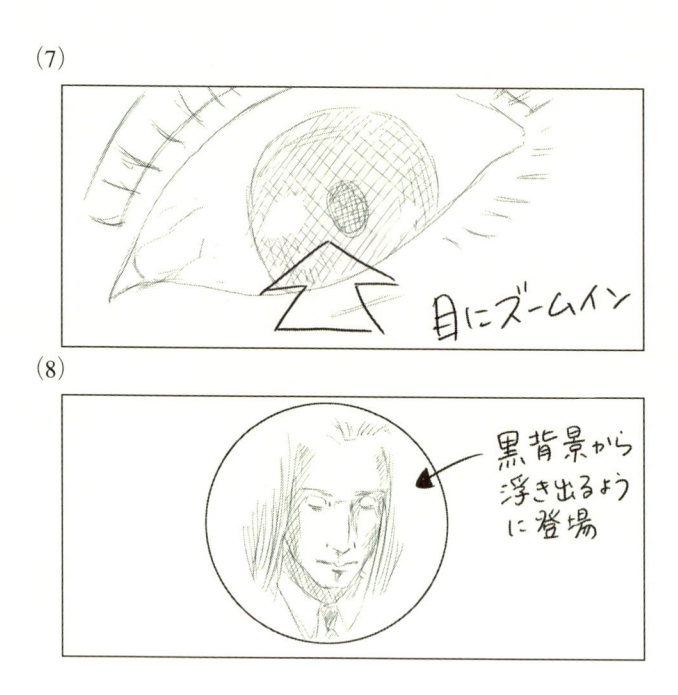

(7)

目にズームイン

(8)

黒背景から浮き出るように登場

(9)

端が歪んでいる
(回想シーンすべて)

(10)

呪文を唱えて
いる

歪み

(11)

杖を飛ばされる

(12)

もう一度呪文を
唱える

ハリー・ポッターと映画監督の陰謀

(13)

(14)

魔法で吊り
上げられている

(15)

(16)

下から
見上げている

　映画で強く印象づけられるのは、これまで強調されてきた「スネイプ＝

加害者」、「ハリー＝被害者」という構図の逆転だ。まず、ハリーの呪文によって偶然にもスネイプの心に入り込むくだりだが、スネイプの左目をクローズアップすることにより、被害者としての無防備なスネイプを印象づける（図（7））。そして、少年時代のスネイプの学校での孤独、不幸な家庭生活を示唆する断片的な映像が続く（図（8）〜（9））。それからジェームズによるいじめの場面に移る。ここで強調されるのは被害者としてのスネイプであり、リリーへの好意や不幸な家庭生活から生まれたマグルへの愛憎といったものは無視されるが、その一方で、物語のポイントがはっきりしているのでわかりやすい。

　もうひとつ映画で印象的なのは、「毒抜き」というより「一般化」「象徴化」と言ったほうがよいような表現方法であろう。この場面で、原作にあるいじめのグロテスクさが薄められている——転ばせたり、窒息させかけたりするような残酷な場面は省略される——が、別に「毒抜き」されているわけではない。登場人物の特殊性——たとえば、リリーに恋するスネイプ——を際だたせず、状況の普遍性——少年の残酷さ——を強調しているのだ。ここでは、スネイプの特殊な人物像や人間関係を表すものには一切触れられない。リリーは登場さえしないのだ（ふたりの関係をまったく知らずに映画『死の秘宝Part 2』を観た人は半ば過ぎでおそらく驚いたに違いない）。そして、短いショットを重ねることで感情移入を避ける。（10）から（16）は、基本的にはアイライン・マッチで編集されており、フラッシュバックの直前のショットのように観客の注意を特定の人物の心理状態に向けるようなものは何もない。これはスネイプとジェームズという特殊な関係ではなく、一般的ないじめを表現しているように見える。画面をセピアとアイスブルーの色調で統一する手法はこの作品あたりから顕著になるが、この場面についてはセピアがノスタルジックな雰囲気をうまく出している。誰しもが程度の差こそあれ、少年時代の無神経な行動や級友から受けた残酷な仕打ちを思い出させるような「普遍性」に訴えているのだ。

　『不死鳥の騎士団』の原作と映画の違いは、物理的な制約（長さの問題）や表現上の制約（幼少の観客に配慮した表現）だけで説明できるものではない。そこには明らかに映画制作者の芸術的な意図が見られる。「このよう

な映画にしたい」という願望である。次節では、そういった映画制作者——あるいは映画監督——の願望を探ってみよう。

■ホグワーツの振り子

　映画『ハリー・ポッターとアズカバンの囚人』は、非常に革新的であった。批判を顧みずにあえて原作の一部を変え、美学的なスタイルの確立を試み、前2作とはまったく違う作風を生んだ。そしてこれ以降、『ハリー・ポッター』映画は「毒抜き」された前2作よりも『アズカバンの囚人』に倣って作られるようになる。

　『アズカバンの囚人』が革新的であったのは、制作者たちが映画独自の世界観を作ろうとしたことによるものだ。その意味では、「作家主義」の考え方にも近いとさえ言える。監督のアルフォンス・キュアロンは、その後もっと大胆に独自の世界観を貫いた『トゥモロー・ワールド』（2006年）——原作はP・D・ジェイムズの『人類の子供たち』（1992年）——を撮っている。彼が作家主義的な考え方で『アズカバンの囚人』を撮ったとしてもなんの不思議もない。

　「作家主義」（auteur theory）とは、簡単に言えば、映画監督が「作家」であるべきだという考え方のことである。脚本家や（特に小説等の映画化の場合）原作の言いなりになるのではなく、映画には映画独自の美学があるのだから、映画の「著者」（auteur）である映画監督が自分のスタイルを貫き、いわばその「署名」を作品に残すべきだ、というものだ。この考え方は、1950年代にフランスで生まれた（したがって、英語でも "author theory" とは言わずに "auteur theory" とフランス語を用いる）。当時のフランス映画界では、小説作品の映画化や、脚本家に過度な権限を与えたタイプの作品が主流であった。1954年、若手映画批評家フランソワ・トリュフォーは、映画雑誌『カイエ・ドゥ・シネマ』に「フランス映画のある傾向」というエッセイを寄稿し、その「傾向」を痛烈に批判、「作家主義」の必要性を唱えた。トリュフォー自身を含む、この考え方に共鳴した若手映像作

家たちが「自然」な撮影や編集方法にこだわらない新しいタイプの映画を撮るようになり、それが「ヌーヴェル・ヴァーグ」と呼ばれるようになる。ジャン＝リュック・ゴダールの『勝手にしやがれ』（1959年）や『気狂いピエロ』（1965年）、クロード・シャブロルの『いとこ同志』（1959年）、それにトリュフォー自身の『大人は判ってくれない』（1959年）や『突然炎のごとく』（1962年）が代表的な作品であろう。

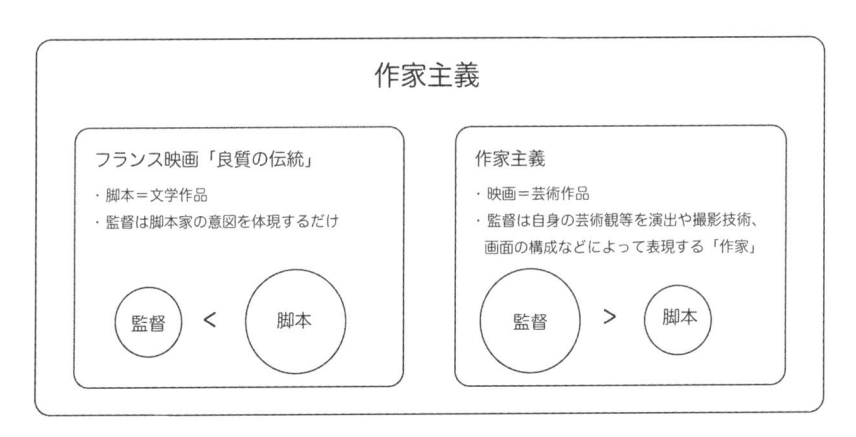

```
┌─────────────────── 作家主義 ───────────────────┐
│ ┌──────────────────────┐ ┌──────────────────────────┐ │
│ │ フランス映画「良質の伝統」  │ │ 作家主義                  │ │
│ │ ・脚本＝文学作品        │ │ ・映画＝芸術作品            │ │
│ │ ・監督は脚本家の意図を体現するだけ │ │ ・監督は自身の芸術観等を演出や撮影技術、│ │
│ │                      │ │   画面の構成などによって表現する「作家」│ │
│ │   (監督) < (脚本)      │ │   (監督) > (脚本)          │ │
│ └──────────────────────┘ └──────────────────────────┘ │
└──────────────────────────────────────────────┘
```

　もちろん、『アズカバンの囚人』は「作家主義」の作品ではない。同時代のティム・バートンやジャン＝ピエール・ジュネの作品に比べても、ほとんど「作家の署名」が残っていない作品だと言える。しかし、そこにあえて「作家の署名」を見いだすことで、この作品が映画シリーズ全体に与えた影響を考えてみたいと思う。

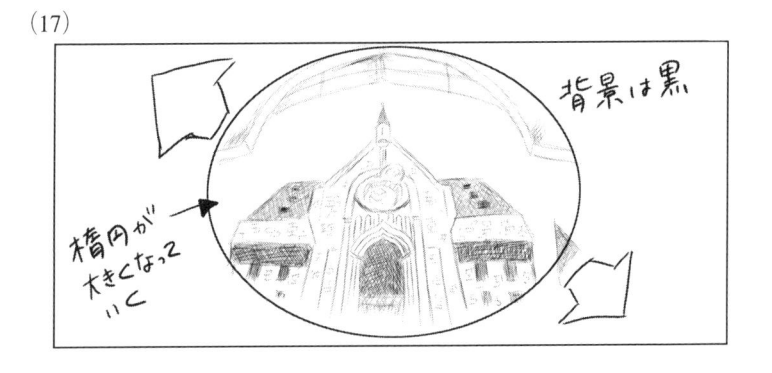

(17)

（画像：ホグワーツ城のイラスト。「背景は黒」「構内が大きくなっていく」との書き込みあり）

ハリー・ポッターと映画監督の陰謀

(18)

(19)

(20)

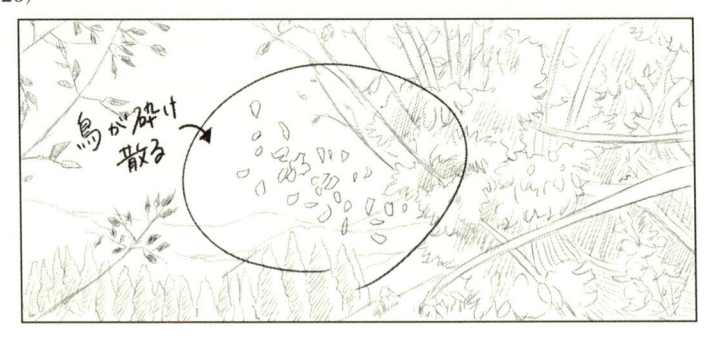

　キュアロンの『アズカバンの囚人』には、「時間のテーマ」とでも呼ぶべきものが存在する。最初にそれが印象づけられるのは、始業式の次の朝のショットであろう。朝を示す簡単なショットから直接トレローニー先生の教室に移ったとしても、物語を理解するためには支障がないし、経済的でもある。しかし、そこに物語の展開から考えれば必要ではないショットを

140　大学で読むハリー・ポッター

わざと挿入している。まず鐘の音とともに大きな時計のついた校舎に仰角でアイリス・インする（図（17））。「アイリス・イン」とは、特に無声映画やトーキー初期に多用された手法で、レンズの前に絞りをつけ、それを開けることで別の場面に入ること。古典的な重々しさと仰角で見えることから生じる威圧感が伝わってくる。次いで、カメラは小さな青い小鳥を追い、空中を縫うように動いていくのだが、小鳥は最終的に暴れ柳で粉々にされて命を落とす（図（18）～（20））。この後も暴れ柳は何度か登場し、葉の具合や積もった雪などで季節の推移を示しているのだが、明らかに「季節の変わり目」だけを示すにしては唐突で、強い印象を残しすぎている（しかも、ハリーとハーマイオニーがシリウス・ブラックとバックビークを助けた後にも小鳥が殺される場面が挿入される）。時間のテーマ――ここでは、何年も続いてきた食物連鎖のような宇宙の摂理、そして生命の短さといったもの――に注意を喚起したいという監督の意図がはっきりと見える。

（21）

大時計の振り子

　何度も現れる大きな振り子と鐘の音も、時間のテーマの変奏として捉えることができる（図（21））。ホグワーツに大きな振り子時計があるという設定は原作にはなく、これは原作ファンからかなり不評を買った。こうした批判は予想できることなのに、あえて原作にはない振り子時計と鐘を繰り返し用いたのには、はっきりとした意図がある。振り子や鐘で時間の経過を意識させることで、生命の短さを意識させる。これは、原作のテーマにも合致する。ハリーとハーマイオニーは逆転時計を使い、アズカバンを

ハリー・ポッターと映画監督の陰謀　141

脱獄した罪で魂を吸い取られることになるシリウス・ブラック、そしてマルフォイにけがをさせたという軽微な罪で死刑になったバックビークというふたつの生命を救う。つまり、原作では限りある生命とそれを不当に奪おうとする行為の卑劣さ、そしてそれを救う行為の尊さを対照的に示している。このテーマが、映画では振り子時計と鐘によってより鮮明に印象づけられている。

このテーマは、ある意味で映画のごく初めの場面の「干し首」で示されているとも言える。夜の騎士(ナイト)バスの運転席に飾られているこの首は、キュアロンが勝手に作ったキャラクターで、言葉を話す。この首はミイラのような状態で、アンデスやパプア・ニューギニアのミイラや御守りにも似ているが、非常に「西洋的」なこの作品の中では、「死を忘れるな(メメント・モリ)」を思い起こさせる。この言葉の起源自体はキリスト教よりも古いが、キリスト教的世界観において、常に自分が死すべき存在であり、現世にいる時間が限られていることを覚えておかなければならないという意味の警句として使われるようになった。中世の「死の舞踏」(死に神と踊る)の寓話、静物画に骸骨を添える——もちろん、ハンス・ホルバインの「使者たち」やフランス・ハルスの「骸骨を持った若者」のように、静物画以外の絵画にも見られる——などの習慣は、「メメント・モリ」のキリスト教的解釈から生まれたものである。干し首も日常の中にある死を思い出させる小道具のひとつとして解釈できる。そして、ルーピンの研究室には夥しい数の骸骨がガラスケースの中に陳列されている(図(22))。「死を忘れるな」というメッセージなのである。なお、時間が生命の短さを示すことから、特に街の大時計に骸骨をあしらうのも、特にルネサンスからバロック期にはよく見られたため、時計も死を表す符牒として用いられてきたことも付記しておこう。

(22)

(23)

天体模型

　時間は生命の短さだけでなく、自然の摂理や生命の連鎖なども表している。ハリーがルーピンの前で初めて守護霊呪文に成功する場面で、カメラは一度引いて動く巨大な天体模型を映し出す（図（23））。CGを使用しながらもセピアの色調で彩度を抑えた画面――この作品では、『謎のプリンス』のように完全に色調を統一するといった極端なアプローチは控えている――で捉えているため、巨大な天体模型のほうがCGの盾よりも印象に残るくらいだ。魔法使いの学校なのだから、（他の映画や他の部屋にあるように）たとえば薬草の瓶や様々な魔法使いらしいアイテムを並べることも可能だったはずである。西洋文化を学ぶ者にとって西洋における神秘主義が天文学と無縁でなかったことは有名だが、洋の東西を問わず中学生くらいまでの若い観客にとっては、その接点を見いだすのは難しいことだろう。にもかかわらず、ここではあえて神秘的な巨大天体模型を置いている。しかし、観客は天文学と西洋における神秘主義の関係を歴史的に振り返ることを期

待されているわけではない。むしろ、ハリーが守護霊をつくりだすという行動が天体の運動のような大きな自然の摂理の中に捉えられていることに気づくことが期待されているのだ。

　守護霊（Patronus）は、幸せな記憶を思い出すことで呼び出され、強大な力に対抗してくれる。これは守護霊以外の呪文では不可能である。ハリーの場合、自分が何かを成し遂げたときの幸福な瞬間ではなく、死んだ父母のことを思い出すことで呼び出す（したがって、彼の守護霊は父ジェームズが自由に変身できた牡鹿のかたちをしている）。後に明らかになるが、守護霊はPatronusという「父」を表すラテン語が入った言葉で表現されているものの、必ずしも両親を思い出すことで呼び出されるものではない。むしろ、多くの登場人物にとっては別の記憶である（たとえば、スネイプならリリーを思い出すことにより、リリーを示す牝鹿のかたちの守護霊を呼び出す）。

　つまり、この場面で強調されるのは、死んだ両親がハリーを守っていることにより続いていく生命の連鎖である。魔法といえども、大きな宇宙の摂理の中に組み込まれているのだ。

　キュアロンの自由な解釈は、その後の『ハリー・ポッター』映画に大きな影響を与えた。原作の物語をできるだけエピソードを漏らさず再現することにではなく、設定を多少変えても映画作品としての一体感を生み出すことに力を入れる。原作を「毒抜き」し、無理に明るく表現するのではなく、死、憎悪、性的な感情など「ダーク」な部分も必要に応じて表現する。こういった方向性は『アズカバンの囚人』以降確立されたといってよい。『アズカバンの囚人』以降の映画にも作品としての優劣の差はあるが、前編・後編に分かれている『死の秘宝』も含め、ひとつの映画作品として読み解くおもしろみが増したことは事実である。

第7章 ハリー・ポッターと英語の教室

GRAMMAR IS IMPORTANT, POTTER.
PAGE 398 - RELATIVES.

YES, SIR...

■『ハリー・ポッター』と英語

　日本で英語圏の小説がベストセラーになると、決まって「○○を英語で読破しよう」というような謳い文句とともにペイパーバック売り場に並べられる。最近では、色とりどりの帯に「TOEIC○○○点レベル」とまで記されている。

　学生は「よし、○○なら英語の勉強もできそうだぞ」と思い、一念発起して初めてペイパーバックを買う。大枚はたいたからには元を取ろうといざ読んでみると、映画の冒頭とどうやら全然違っているようで、さっぱりイメージがわかない。知らない単語がいくつも出てきて、先に進めなくなる。そこで家に帰って辞書を引くと、今度は辞書なしで進めなくなる。一日がんばって読んでやっと2ページ。これが数回続くと嫌になってやめてしまう。

『ハリー・ポッターと賢者の石』原書表紙

　「そうか、音声がないからよくなかったんだ！」と思い立ち、朗読をインターネットでダウンロードする。英語なんてしゃべれなければ意味がないではないか。リスニングだ、リスニング！　電車に乗っている間にでも聞き流せば英語力が伸びるかもしれない。いざ聞いてみると、早口でなかなか頭に入ってこない。相乗効果と思ってペイパーバックを取り出し、もう一度初めから聞き直す。どうもおかしい。よく見ると、ダウンロードした音声には"abridged"と書いてある。辞書で調べると、「簡約された」とある。どうりで違うはずだ。

　こんなことが続き、ついに数週間で挫折してしまう。

　大学の先生も、「これで若者の読書離れに歯止めがかかる」と意気込んでその作品を教科書に選ぶ。いつも学生に不評の古典文学作品よりは簡単だし、市販の教材よりはおもしろい。これなら「精読の楽しみ」をわかって

もらえるかもしれない。期待を胸に、しっかりと予習して教室に向かう。ところが、学生の反応はいまいち。「訳してきていません」という言葉に思わずカッとなり、「辞書くらい引いて来なさい」と言う。案の定2週目から学生は減り、登録を変更し損なったか、変更の仕方を知らなかった学生と半期の間会話もないまま過ごす。こんなことになるなら自分の研究している作家か好きな作家を選び、ぐだぐだと蘊奥をたれておけばよかった。眠っているかもしれないが、学生はある程度入ってくれる。

　むろん、これは極論である。実際にはここまで単純な学生はそういない。大学の教員だって、もっと工夫をしている人がほとんどだ。だが、程度の差こそあれ、こういった不幸な状態に陥ってしまった学生や教員がいるのも事実である。

　世間で流行を利用した英語学習の「ブーム」が起こるたびに、そういったものをうまく利用するノウハウをどこかに蓄積していければと思ってきた。ところが、少なくとも大学で英語を教える人たちの間で、そういったノウハウらしきものはなかなか集まってこないようなのだ。まるで、英文学者は「読む」以外のことを教えてはいけないかのように。私は英文学の研究は大事だと思っているし、そのおもしろさも伝えたいと思う。ところが、現代文学の講義とゼミを除けば、授業で「読む」(殊に「訳読」)と言った時に学生から失望感がわいてくることもよく経験している。聞いてみると、彼らは「読む」のが嫌いではない（もちろん嫌いな子もいる）。授業で「文法通り訳」して、「間違いを指摘され」、練習問題に答えたりするのが「高校までの授業みたいで嫌い」なのだ（言っておくが、中高の先生で非常に工夫しておもしろい授業をされている先生も多い）。そういった学生を前にして、ただ「読むことは大事だから読め」とマントラのように唱えたって無駄なのだ。

　ここでは、「『ハリー・ポッター』で英語を学ぶ」ことに関心のある学習者や教育者に、自分の経験をもとに学習法・教授法を示してみたいと思う。本書は語学教材ではないので、小説の本文や映画の台詞を長々と引用するわけにはいかない。原作やDVDを手元に読んでもらえると嬉しい。単に「原作を読む」以外にもいろいろな学び方がある。そうやって語学力を身に

つければ、これまで学んできた文化についての知識や洞察を発信できる。自分の意見を発信できるようになり、自信がつけば、そのときに原作を読んでみればいいと思っている。

■ 『ハリー・ポッター』を演じる──初級編

私は授業で、「『ハリー・ポッター』を演じる」ということを教えている。日本人の英語──正確には日本語の影響を受けた英語──を知らない人にも「通じる」発音で、そのときの文脈を踏まえて適切な感情表現を入れながら台本を読む。学生は声の演技(ヴォイス・アクティング)をICレコーダーに録音し、私はその録音を毎週採点し、アドバイスを与える。毎回全員分の録音を聞き、うまくいっていないところがどうおかしいのか分析し、そのうえで3つくらいのアドバイスにまとめる──それ以上たくさん指摘しても学生には伝わらない──のは骨が折れる。学生にしても毎週かなりの分量英語を話さないといけないし、カタカナ読みをしていたら容赦ない評価が返ってくる。なかなか大変な授業だが、学生は喜んでくれるし、私もやっていて楽しい。適切な指導をしてくれる人がいれば、授業がなくてもできる学習法である。

英語は言語なので、英語学や言語学を専門的に学ぶ以外のほとんどの人にとってはコミュニケーションのツールである。つまり、話せてなんぼ、書けてなんぼ。もっとアカデミックなところに関心のある学生にも、まずは「しゃべれるようになりたい」という願望がある。一方で、基礎がそれなりにできていても「話せない」人はあまりにも多い。ここにはふたつの理由がある。まず、学習者も教員も「完璧」を求めすぎること。多くの学生が「この文法合っていますか?」とよく聞いてくる(どうもこの日本語は気になるのだが、みんな決まってこう言う)。そもそも日常会話なら、最低限守らなければならないルールだけ守り、フレーズの部分さえ合っていれば完璧な文でなくても通じるのだが、どうやら神経質になりすぎる人が多い(そのレベルに達していない人は「この文法合っていますか?」とさえ聞かない)。もう一点は、発音に自信がないこと。発音に自信がないから

声が小さくなり、聞き返されると（単に声が小さかっただけなのに）よけいに自信をなくしてもっと声が小さくなる。

　文法も発音も、しゃべるときにまで「間違ってはいないか」と不安になると、ちゃんとしゃべれなくなる。極論を言えば、文法も発音も家でしっかり勉強し、実際に英語でしゃべるときには「いまさら気をつけてもしかたがない」と開き直ったほうがいいくらいだ。その勉強も、まずは「マニアック」な点にまで注意する必要はない。むしろ最低限覚えないといけないところだけしっかり勉強することが大切だ。日本では英語の文法を専門にする研究者は多いのだから、最初から重箱の隅をつつくのではなく、「英語の文法なんてAとBとCだけ覚えればなんとか通じるよ」とズバッと言える人もたぶんいると思う。しかし、英語の発音については、どの音声学の教材を見ても母音などの音素という「マニアック」な点からスタートするものがほとんど。これでは挫折する。私は音声学の専門家ではないが、かつて発音に強いコンプレックスがあり、それを比較的短期間で克服した経験から、自分でも力になれるのではないかと考えるに至った。

　ここでは、まずその「初級編」として、英語がどのような音のしくみでできているかを示し、どうすれば日本人——正確には日本語母語話者——がうまく英語を話せるようになるか、そのヒントを綴ってみたい。

　私の考えでは、初心者が自信を持って英語の発音をするには、まず次の3つに気をつければよい。もっと細かいことを学ぶのは、これを身につけてからだ。

　(1) リズム
　(2) イントネーション
　(3) 子音

　英語は、「強勢をもとにリズムを取る言語」(stress-timed language) に分類される。日本語は同じスピードで話していると、音の数（厳密に言うと、「モーラ」の数）によって長さが変わってくる。日本語の音の数とは数え方が違うが、フランス語やスペイン語も音の数（厳密に言うと、「音節」の数）が多くなればなるほど、文が長くなる。しかし、英語は強く読む音（「強勢」

のある「音節」)の数で長さが決まる。強く読む音をほぼ等間隔で読むからだ。「強勢」というと難しく聞こえるかもしれないが、高校などで「アクセント」と呼ばれていたものである（英語のaccentと言えば、「訛り」の意味とイントネーションの変化する箇所という意味で用いられるので、この意味にはstressを使う）。たとえば、次の英文は強勢のある音節が太字で書かれた3つと同じなので、ほぼ同じ長さで読む。音の数（音節）がいくつあるかは関係ないのだ。

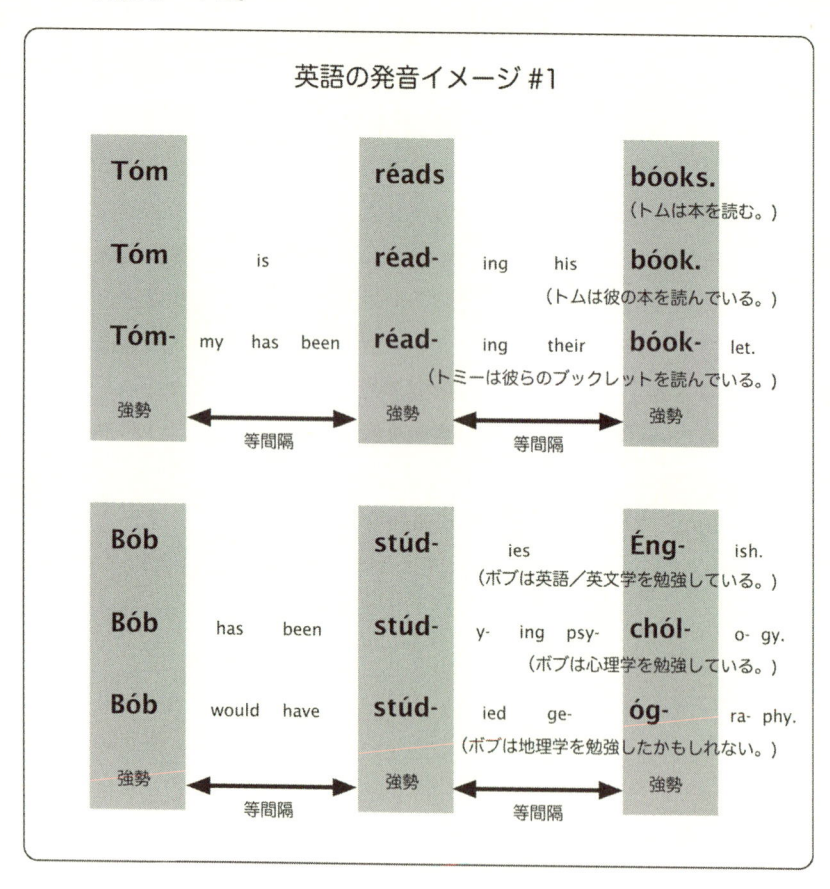

英語の発音イメージ #1

Tóm		**réads**			**bóoks.** (トムは本を読む。)
Tóm	is	**réad-**	ing	his	**bóok.** (トムは彼の本を読んでいる。)
Tóm- my has been		**réad-**	ing	their	**bóok-** let. (トミーは彼らのブックレットを読んでいる。)
強勢	←等間隔→	強勢	←等間隔→		強勢

Bób		**stúd-**	ies		**Éng-** ish. (ボブは英語／英文学を勉強している。)
Bób	has been	**stúd-**	y- ing psy-		**chól-** o- gy. (ボブは心理学を勉強している。)
Bób	would have	**stúd-**	ied ge-		**óg-** ra- phy. (ボブは地理学を勉強したかもしれない。)
強勢	←等間隔→	強勢	←等間隔→		強勢

これを同じ時間で読むには、当然has beenやwould haveなどは相当弱く（そして速く）読まないといけない。's beenやwould'veというかたちになるほうが、hás béenやwóuld háveと強調するよりも英語らしい。手

を叩いてリズムを取りながらやってみるとよい。なお、「弱く読む」という時に気をつけないといけないのは、「母音を弱くして子音は弱くしない」ということである。母音は日本語でいう「ア」「イ」「ウ」「エ」「オ」のこと。日本語が母語であると、どうしても子音が弱くなりがちだ。先程の例で'ould ha'となるくらいなら、w'd'veと発音するくらいの気持ちで読むとよいかもしれない。

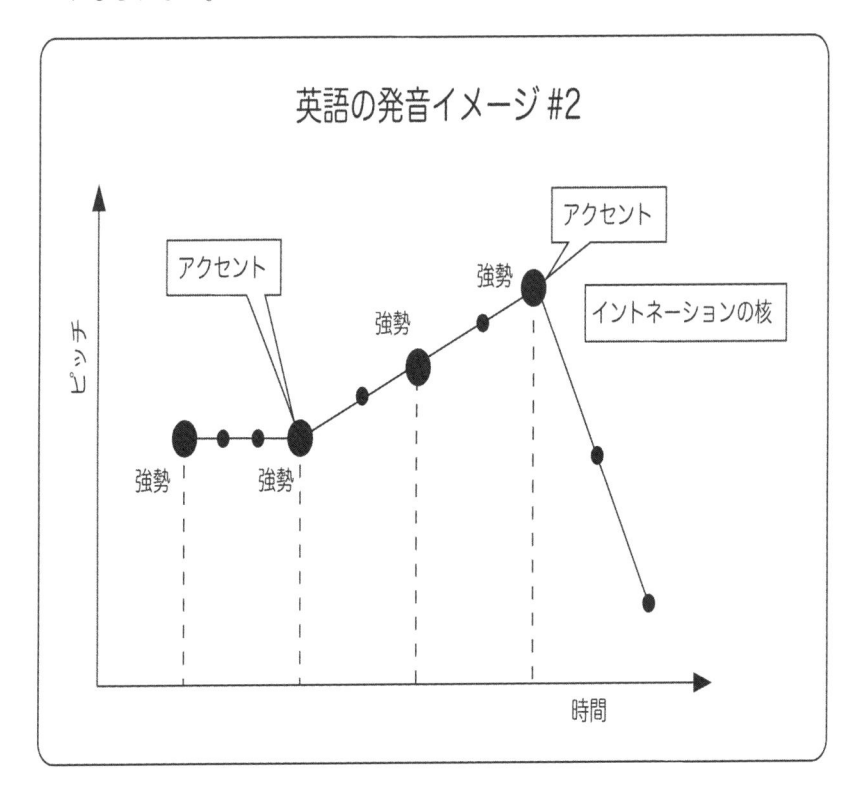

英語の発音イメージ #2

（図：縦軸「ピッチ」、横軸「時間」。左から「強勢」「強勢（アクセント）」「強勢」「強勢（アクセント）」と続き、最後に「イントネーションの核」が示されている）

　余談だが、「強勢をもとにしたリズム」は、国際的なコミュニケーションの場で英語の通じやすさには関係がないという考え方もある。国際語としての英語の「通じやすさ」については、ジェニファー・ジェンキンズの研究が有名である（たとえばJenkins 2000）。

　現実問題として、日本語を母語とする者はまずこのリズムを身につけるべきだと私は考えている。しかし、ヨーロッパにおける非母語話者（要す

るに、英語ネイティブではない人）の英語や、旧イギリス植民地出身者の英語と違い、日本語の影響を受けたタイプの英語は——しばしばrとlの区別がないことがからかいの対象となったとしても——よく知られているとは言えない。フランス語やスペイン語の影響を受けた英語、あるいはヒンディー語の影響を受けた英語が理解できるのは、「リズムが違っていても大丈夫」だからではなく、「ふだん聞き慣れている」ことも大きいように思えてならない。

　リズムと同時に、正確にイントネーションをつけられるとよい。英語には厳密に言うと「トーン・ユニット」という固まりがあって、そこにひとつのイントネーションがついている。トーン・ユニットには普通いくつかの「強勢」があるが、その中には音程が変化する（平板だったのに上がりはじめたり、下がりはじめたりする）箇所があり、そこを「アクセント」と言う。その中で一番大事な変化の来るところをイントネーションの「核」（nucleus）と呼ぶ。核は通例強勢のある一番最後の音節になるが、文脈に応じて場所が変わる（これにも規則がある）。難しく聞こえるかもしれないが、「トーン・ユニット」は多くの場合、節（文の形をしたもの）や文など意味のひとかたまりと一致する。つまりたいていは意味のかたまりをまとめて読めばよいのだ。なお、「核」は「大事な変化」、いわばメロディの変わる一番大事なところであり、一番音量が大きいという意味ではないので注意したい。

　英語には様々なイントネーションがあるが、代表的なものは「╲」というかたちに下がる「下降調」（fall）、「╱」というふうに上がる「上昇調」（rise）、下がって最後に上がる——イギリス英語で多用される——「降昇調」（fall-rise）、上がって下がる「昇降調」（rise-fall）の4種類であろう。

　具体的に『ハリー・ポッター』の台詞を見てみよう。映画『ハリー・ポッターと賢者の石』で、ハリー、ロン、ハーマイオニーの3人が賢者の石を守ろうといくつもの難関に立ち向かう。そのひとつ、「魔法使いのチェス」の場面だ。ここで、ロンは自分が捨て駒になることでハリーたちを前に進ませようとする（捨て駒とは、相手に自分の駒を取らせることで局面を有利にする手のこと）。

Hermione: What ↘ ís it?　（どうしたの？）

Harry: He's gó-ing to sác-ri-fice him- ↘ sélf.
（ロンが捨て駒になるつもりなんだ。）

Hermione: No, you ↘ cán't!　There múst be an-óth-er ↘ wáy!
（ダメよ！他にも方法があるはず！）

これをうまく読むためのポイントは、リズムよく読むことである。少し難しいのはハリーの台詞だが、sacrificeという語には強勢が2つある。実際、映画ではこの強勢の間を0.4秒前後の間隔で読んでいる（ちょっと早口なのでまずはゆっくり読むとよい）。himselfの-selfに強い下降調（おしりを下げる）イントネーションがつく。

himselfの-selfの発音イメージ

このときに注意したいのは、イントネーションの核は「音が変わった」という印象をつける場所であり、実際に一番大きな声で読まれたり、一番高いピッチ（音程）で読まれたりするとは限らないということだ（とりわけ話し始めのピッチが高くなるイギリス英語ではそうである）。つまり、ここでは-selfを無理に大きな声や高い音程で発音するのではなく、「ここで音程が下がる」のがわかるように発音すればよい。英語のイントネーションは音程だけでつけられるわけではないが、以下イメージしやすくするために平均律の音程で考えてみよう。

映画でハリーを演じたダニエル・ラドクリフは非常に標準的な発音をしているのだが、一番ピッチが高いのはgoingのgo-とsacrificeのsac-で、どちらも340 Hz前後、要するにミとファの間くらいの高さである。これに対し、himselfの-selfの一番高いところは320 Hz程度、レのシャープとミの間である。ただし、この-selfは言い終わる頃には200Hz（先程より1オクターブ低いソとソのシャープの間）を下回るほど音程が下がっている。ここで5度から6度音程が下がるので、聞いている人は「ここで音が下がった」とわかる。英語では、このような音の変化がある場所をイントネーションの核

とする。核だけ強く読んで強勢のある他の音節が弱くなったり、妙に棒読みになったりしてしまうと、「変なイントネーション」になってしまうのだ。自分の音を聞いてみてそのような症状が現れたら、「イントネーションはただ大きいだけではなくて音を変化させるのだ」と覚えておくとよい。

　もう少し難しいケースもある。たとえば、文の真ん中やはじめのほうにイントネーションの核が出てくる場合、実際に特徴的な変化が起きるのが後ろになることがある。『ハリー・ポッターと秘密の部屋』で、自分の親の豊かさを自慢し、ロンの家庭の経済状況をからかうマルフォイに、ハーマイオニーは嫌みを言う。

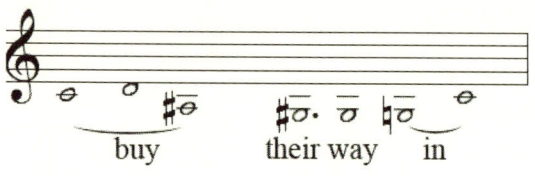

buy their way inのイメージ

Hermione: At least no one on the Gryffindor team had to buy their way in.（少なくともグリフィンドールのチームにはお金でメンバーに選ばれた人はいないわ。）

ここで注意したいのは、「降昇調」（　）という音の動きがbuyという単語だけで起こっているわけではないということである。念のため言っておくが、buyは一番高く読まれているわけではない（一番高いのはGryffindorのGryff-で、370 Hz（ファのシャープ）よりも高い）。しかし、単音節にしては長く読まれ（0.25秒程度）、レくらいの音から1オクターブ低いラくらいの音へと音程が変化するので、やはり「ここで音程が変わった」という印象を受ける。これでは下降調のように思えるが、最後の単語inのところでソのシャープくらいからドのシャープくらいまで音程が上がる。buyで始まった変化がinで完成する。

　リズムとイントネーションがよければ発音がでたらめでもよいのかというと、そうでもない。子音だけはきっちり発音しよう。実は、英語は方言によって母音の発音がまったく異なるし、弱く読む音は曖昧になるので、母音は適当でも通じてしまうことが多い。ただし、子音をとても強く読む

言語なので、子音がある程度正確に発音できていないと通じないことが多いように思われる。事実、先程のジェンキンズを含む多くの研究で、いくつかの特殊なもの（たとえばthの発音である/θ/や/ð/）を除く子音が「コア」（欠けてはならない要素）だと考えられている。子音の発音方法については、多くの参考書で触れられているので、ここでは割愛するが、つまずきやすい子音のみのリストを挙げておく。

発音しにくい子音	どう間違いやすいか	どうしたらよい発音になるか
/l/	日本語の「ラ」行の子音[r]になる	舌を歯茎の裏にしっかりつけ、音を舌の横から漏らすようにする
/r/ [ɹ]	日本語の「ラ」行の子音[r]になる	舌をどこにもつけない（少し/w/のように唇を丸めると発音しやすい）
/w/	唇の丸みが弱い（意外と気づかないが、発音できていない人が多い）	唇を丸めることを意識し、wwwwwと言ってみたり、woman, woodのように母音/ʊ/が続く語を練習したりするとちゃんと発音できているかわかりやすい
/s/	/ɪ/や/iː/が続く時に/ʃ/と混同する	/sɪ/や/siː/の練習を何度もする
/ʃ/	/ɪ/や/iː/が続く時に/s/と混同する	「英語はすべて"スィ"だ」という思いこみをなくす
/z/	/ɪ/や/iː/が続く時に/dʒ/と混同する	/sɪ/や/siː/の練習を何度もする
/dʒ/	/ɪ/や/iː/が続く時に/z/と混同する	「英語はすべて"ズィ"だ」という思いこみをなくす

　リズムとイントネーションと子音さえしっかり押さえれば、かなり通じる発音になる。母音の練習をまったくせずに「発音練習」というのには批判があることは承知しているが、通じる発音を身につけ、ちょっとでも自信をもってしゃべれるようになるには、むしろこういった発想の転換が必要だと思う。

■ 『ハリー・ポッター』を演じる——上級編

　これ以上を目指す人には、以下のふたつのアプローチを試してもらうとより深く英語を学べるだろう（言っておくが、この節の前半は「マニア」のためのものである）。登場人物を外面的特徴から真似て演技するアプローチ、そして内面から演じるというアプローチである。前者は古典的な演技法だし、後者は1950年代にアメリカで「メソッド」と呼ばれる演技法が定着して以降広く知られるようになったものだが、そんなに大袈裟に考えなくてもよい。

　古典的な演技法では、登場人物の外面的特徴を真似る。その外面的特徴には、当然ながら登場人物の年齢、世代（生きた時代）、出身地、家庭環境、職業などが含まれる。したがって、声だけの演技であっても、たくさんの要素に注意しなくてはいけない。

　たとえば、ハリー・ポッターを演じてみる。『ハリー・ポッターと不死鳥の騎士団』から。魔法省はヴォルデモートの復活を否定し、しかも学校で闇の魔術に対する防衛術が学べなくなったハリーたちはダンブルドア軍団を作ってこっそりと闇の魔術からの防衛術を練習することになる。ここでは、集まった生徒たちがハリーの優れたところを話し始め、それに対してハリーが謙虚に答える。

> **Harry**: Wait. Look, it all sounds great when you say it like that. But the truth is, most of that was just luck. I didn't know what I was doing half the time. I nearly always had help.　（待って。君がそう言うとすごいことをしたみたいに聞こえるけど、実のところほとんど運なんだ。半分くらいは自分が何をしているかわからない間に終わっていた。それにほとんどいつも誰かが助けてくれたし。）

　映画に応じて彼の年齢（11歳〜18歳）に合った英語で話さないといけない。この場面では15歳である。ハリーは1980年7月31日生まれなので、ひょっとしたら語彙には1990年代風の言葉遣いが見られるかもしれない。ロンド

ン郊外のサリー州北東部のダーズリー家で育っているから、イングランド南部のイギリス標準英語に近いアクセントであろう。いくら下品なダーズリー家で育ったといっても、家庭内でいじめられているわけだから、すぐに継父母の怒りを買うような下品な言葉を使うようには思われない。

箇所	特徴	発音のコツ
m<u>o</u>st, kn<u>o</u>w	[əʊ]	日本語の「オウ」ではなく最初の音の唇を丸めずに発音する（アメリカ英語の[oʊ]にならないよう注意）
<u>a</u>ll, <u>a</u>lways	[ɔ:]あるいは[o:]	日本語の「オー」に近い（アメリカ英語のように口を大きく開かない）
s<u>ou</u>nds	[aʊ]または[æʉ]	日本語の「アウ」に比べ、最初の音が若干「エァ」の音（[æ]）に近く、二つめの音を「ウ」まで口を閉じずに発音する
h<u>a</u>lf	[ɑ:]	アメリカ英語の[æ]ではなく、医者の前で口を開けるような「アー」の音（少し唇を丸めてもよい）
n<u>ea</u>rly	[ɪə]または[ɪ:]	標準の[ɪə]よりも「イア」の「ア」の部分が小さいか、なくなってしまっている（「ニアリ」よりも「ニーリ」）

　このような条件を手がかりに、ハリー・ポッターらしい発音を考えてみよう。まず、標準英語に近い典型的な若い世代のイギリス英語（特にイングランド南部の英語）だ。したがって、上記の表のような特徴が現れるはずである（特に[æʉ]の音はうまく真似られると格段にイギリス英語っぽくなる）。

　方言などは覚えると使いたくなるものだが、誰もが「べたべた」な方言をしゃべっているわけではない。特にメディアの影響が強い若い世代を演じるには注意が必要だ。さらに、ハリーがワーキングクラスのようなアクセントであると、いくら魔法界とマグルの階級が一致しないとはいっても、やはり変に聞こえるだろう。以下のような特徴は（いくらその地域の特徴でも）入れないほうがハリーらしいかもしれない。

箇所	特徴	発音のコツ
m<u>o</u>st, kn<u>o</u>w	[ʌʊ]	最初の音が滑舌の悪い「ア」になる（あるいはもっとはっきりとした「ア」[a]になる）
s<u>ou</u>nds	[æː]	「ェァ」っぽい「ア」の音を長めに
w<u>ai</u>t, gr<u>ea</u>t, s<u>ay</u>, <u>a</u>lw<u>ay</u>s	[æɪ]	「エイ」よりも「アイ」に近い（最初の音は「ェァ」っぽい「ア」）
l<u>i</u>ke	[ɑɪ]	医者の前で口を開けるような「アー」の音だが、唇の丸みをともなうので「オイ」に聞こえる

　外面的なアプローチをするには、音声学だけでなく、英語の方言について書かれたもので勉強し、様々なイギリスのテレビ番組を見て実際の音を確かめるといいだろう。

　内面的なアプローチの場合、とにかくその役柄になりきる。極論を言えば、スコットランド訛りのハリー・ポッターも**OK**なのだ。その代わり、その台詞を言うときにどういう心理状態であったかをちゃんと分析し、その状態を再現しないといけない。よく似た状況を自分の過去の記憶や体験から探したりもするだろう。まずは、そこまで大袈裟に考えず、ある登場人物を演じる前に、一週間でもその口癖だとか思考パターンを真似てみよう。確かに日本では英語でしゃべっていると変だから、友達などを巻き込んでやってみるといい。その人物にある程度なりきっていろいろな状況で話していると、ひょっとしたらアドリブも出やすくなるかもしれない。

　今度は、『ハリー・ポッターと炎のゴブレット』の舞踏会の場面から、ハーマイオニーの役を演じてみよう（この場面は、私の授業でも演じさせてみると学生が一番盛り上がる）。ロンとハーマイオニーはお互いを意識しはじめているのだが、ロンは照れくさくていまさら本人の前で自身の気持ちを認めたくない。だから誘うにもなかなか誘えない。ハーマイオニーは待っていたのだが、結局ダームストラングのヴィクトール・クルムに誘われてしまう。おかげでロンは舞踏会の間じゅうずっとふてくされ、水を差すようなことばかり言ってしまう。するとハーマイオニーはついに切れる。

Hermione: Next time there's a ball, pluck up the courage and ask me before somebody else does. And not as a last resort!
（次に舞踏会があったら、勇気を振り絞って私を誘ってよ！　誰かが誘う前に！　それも「相手がいないからお前でいいよ」っていうのじゃなくて！）

ここには、幼い時によく見られた皮肉屋の彼女はいない。いつもの余裕がないくらい彼女は動揺しているのだ。このあと「あなたが全部ぶちこわしたの！」と言って泣き崩れるくらいだから、ここは本気で怒らなくてはいけない。それと同時に、「次に舞踏会があったら」と言っているわけだから、実はロンに対する好意がまだ消えていないこと、来年こそ誘ってほしいと願っていることも見て取れる。本気で怒っているのだが、そこにある感情は憎しみではない。また、"not as a last resort"（last resortで「最後の頼みの綱」の意）という表現には、女性としてのプライドも見られる。自分によく似た経験がなくても、これだけのヒントがあれば、役柄に入り込めるのではないだろうか。その結果、映画でハーマイオニーを演じたエマ・ワトソンと違うスピードで話したり、ポーズを置いたりすることが自然に思えるかもしれない。

　『ハリー・ポッター』はフィクションであり、単なる発音練習の素材ではない。機械的な発音練習だけではもったいない。ある地域や社会集団の方言やある世代の発音を真似るのはちょっと「マニアック」で難しいかもしれないが、自分ではなかなか体験しない状況で話す練習をすることで、作品の理解を深めるだけでなく、英語の表現力の幅を広げることにもなるだろう。

■ 『ハリー・ポッター』を書く

　『ハリー・ポッター』を演じた後は、書いてみてはどうだろうか。これ

もひとつの英語の勉強法だ。

　私はヴォイス・アクティングだけでなく、「スクリプトライティング」（脚本執筆）を採り入れている。課題はいたってシンプル。ある場面を取り上げ、「ちょっと脚本を変え、もっといい映画にしてみよう」と言う。もちろん、プロが書いた脚本よりいいものが簡単に書けるわけではない。しかし、映画を観て「このシーンはこうだったらいいのに」とは誰もが思うことであろう。そういう意味では、誰でも気軽に参加できる。

　ひとつのシーンを「書き直す」だけでも、文法的に正しい英語が書けるだけでなく、登場人物や場面について深く理解し、適切な表現を選ばないといけない。もちろん、脚本がオリジナルで、おもしろいことも大事だ。だが、ここでは、登場人物と状況にふさわしい英語とはどんなものかについてのみ考えてみたい。

　では、次の台詞を読んで、いったい誰がしゃべっているか考えてみよう（引用は脚本家による差が出ないようにするため、すべて原作から）。

（A）　The old hag! She's sick! Go to McGonagall, say something!（OP 245）（あのババア！　ビョーキだ！　マクゴナガル先生に言ってやれよ！）

（B）　Ron, you are the most insensitive wart I have ever had the misfortune to meet.（OP 405）（ロン、あなたって私が不幸にも出会ってしまった最低の無神経男よ。）

（C）　Miss Granger, I was under the impression that I was taking this lesson, not you.（PA 186）（ミス・グレンジャー、私は君ではなく自分がこの授業を担当しているという気がしていたのだが？）

どれも登場人物が怒っている台詞であり、3人とも方言ではなくイギリス標準英語を使っている。にもかかわらず、表現のしかたが違っている。では、

正解とともに、どういう言葉遣いの特徴があるか検討してみよう。

（A）ロン…　ロンが怒っている時には、比較的ストレートに感情を表す。単純な文が多く、アンブリッジ先生のことを "old hag"（ババア）と呼ぶなど、かなりくだけた表現や他人に配慮のない言葉遣いをする。ロンの台詞を書くのであれば、彼が仲間内ではこういったくだけた言葉を使うことが多いことにも気をつけておこう。

なお、「くだけた」と言ったが、原作のロンの言葉遣いは概して映画ほどくだけているわけではないことも指摘しておこう。これは映画の公開年と原作の出版年のずれから生じたのかもしれないが、映画版ではイギリスの若者に特有の（多くの人が「下品」と判断するタイプの）口語表現が多い。たとえば、映画のロンは "Bloody hell!" という表現を連発する。これは驚いた時に使う表現で、確かにイギリスでは若い男性を中心によく使われているが、「下品」な表現である。同様に「頭がおかしい」という意味で "mental" という形容詞を使ったり、「キスをする」という意味で "snog" という動詞を使ったりするのも映画でのロンの特徴だ。原作ではそこまでくだけていないし、粗野でもない。

（B）ハーマイオニー…　ハーマイオニーが怒っている時には、ストレートに感情を表現する時もあるが、相手を見下した表現や皮肉が混じることも多い。イギリスのミドルクラスなら「感情を抑える」ように教育されることが多いので、例のような表現は特に「まわりくどい」わけではない。後半を "I have ever met"（私が出会った）ではなく "I have ever had the misfortune to meet"（私が不幸にも出会ってしまった）と付け加えるところが皮肉っぽい彼女らしさを表している。ハーマイオニーの台詞を書く時には、このような「無駄」なひとことが添えられるかどうかでずいぶん違ってくるだろう。

ちなみに、ハリーのようにほんとうに感情を抑えられる人であれば、こうした嫌みも言わない（その代わり、原作でも映画でも、時としてハリーも我慢できずに爆発することがある）。

（C）スネイプ… スネイプは過去に関することで極度に感情的になる時以外は、いたって冷静である。悪い言葉を使う時でさえ慎重に選んでいるかのようだ。また、間接的な表現を好む。たとえば、ここでは "I am the teacher, not you."（私が先生だ、君じゃない）と言えば済む話である。そこを、あえてあたかも自分が間違えている可能性があるかのように、"I was under the impression . . ."（～と思いこんでいた）という表現を用いる。この表現は動詞のassume（仮定する、思いこむ）と同じで、過去時制なら「誤って思いこんでいた」というニュアンスで使われることが多い。ところが、スネイプがルーピンの代講で授業をしていることは自明の事実。直接的な表現で言うより、ずっと嫌みなのだ。

スネイプについて言えば、もともとit seems/appears (that). . .（～だと思われる）といった非人称（主語が人ではない）の構文など、「慎重」な言葉を好む傾向があることも付記しておこう。

同じ人でも、状況に応じて違う言葉を用いる。もちろん、その人が使わない語彙が急に出てくることはない。スネイプが怒ったからといって若者のスラングでしゃべるわけではないし、アメリカ英語でしゃべるわけでもない。しかし、実際には先程の引用と同じ『アズカバンの囚人』で、学校時代のことを触れられ、ハリーにも批判された時に暴言を吐く。（映画版ではこの場面はまったく変わっている。）

> SILENCE! I WILL NOT BE SPOKEN TO LIKE THAT! Like father, like son, Potter!（PA 389）（黙れ！ 私にそんな口を利いてはいけない！ あの父にしてこの子ありだな、ポッター！）

ここで、たとえばスネイプは "shut your gob!"（黙れ）のようなくだけた口語表現は使わない。あくまで学校の先生口調の "silence!"（静粛に、黙りなさい）である。しかし、先程のような落ち着きは一切ない。つまり、スネイプは怒った時にも汚い言葉ではないが、普段と違う直接的な構文を使

うことで感情の強さが現れる。(ちなみに、すべて大文字で書くのは、英語では強調しているか怒鳴っていることを示している。)スラングやくだけた口語表現を覚えたての頃は使ってみたくなるものだが、誰でも怒れば"bloody"や"f***"などの語を使うというわけではないので、注意したい。

　登場人物の真似をして英語で台詞を書いてみるだけで、ずいぶん英語の勉強になる。時間があれば、「私のハリー・ポッター」を書いてみてはどうだろう。数年前、私は学生に「もし続編を作るならどうする？」と英語で答えてもらったことがある。『ハリー・ポッターと就職活動』といったせつないものから、『ハリー・ポッターとスパイダーマン』のようなパロディまで様々なアイデアが集まった。英語の勉強だけではなく、発想力も豊かになるのではないかと思う。

■『ハリー・ポッター』を語る

　最後に、『ハリー・ポッター』について「語る」のも英語の勉強によい。
　本書の出発点となった英語の授業は、プレゼンテーションのクラスだった。英語で発表するのだから、あらすじの発表だけでもよかったのかもしれない。しかし、せっかく大学で学んでいるのだから、たとえ英語の授業でも少しは大学らしいことをして、その成果を話してもらったほうがよいのではないかと考えるようになった。そこで、自分で選んだテーマに沿って『ハリー・ポッター』を「研究」してもらうことにした。単なる英会話の練習なら、大学を卒業してからでも語学学校に行けばできる。だが、英会話学校で文化研究について教えてくれるわけでもないし、参考になりそうな論文を持ってきてくれることもない。
　「『ハリー・ポッター』を語る」のが目的なのだから、各自が必要なものを探してくればいい。無目的に「ただひたすら読む」というわけではない。自分が必要だと思えば、原作の必要な箇所を「読む」こともあれば、映画の必要な箇所を「観る」こともある。研究書や概説書、ホームページなどを「読む」こともある。『ハリー・ポッター』は非常に長いシリーズなので、

いまから「『ハリー・ポッター』を読もう」と思う人には、むしろこういった接し方が現実的かもしれない。通読するのは骨が折れる。映画を全部観ようと思ったら20時間は必要だ。それくらいなら、まずは自分の好きなところ、興味のあるところだけつまみ食いすればよい。本書で扱ったようなアカデミックなテーマに沿って読んでもいい。また、食事の場面だけ読むとか、マイナーな登場人物の出てくる部分だけ読むとかでもいい。それで全体像が知りたくなったら、全部読めばいい。

　本書で扱ったテーマ以外にも、ひとつよく議論されるものがある。「スネイプは本当に善なのか？」というものだ。作者ローリングの意見は明確で、インタビューでも「スネイプはヒーローだ」と言っている。そもそも、後日譚で、作品の主人公ハリー・ポッターが自分の息子の名前に彼の名前を与えるくらいである。悪であろうはずもない。しかし、その一方で彼は善とも悪とも取れる行動を取っている。『スネイプ論争』（2007年）という本まで出版されているくらいで、大学生や社会人が議論してもおもしろい素材がたくさんある。たとえば、自らの死期が近いことを悟ったダンブルドアがスネイプに自分を殺すことを依頼する場面には、このようなやりとりがある。

『スネイプ論争』

　「ご自分が死んでもいいというのなら」とスネイプは語気を荒げた。「なぜドラコにやらせないのですか？」
　「あの子の魂はそこまで汚れてはおらん」とダンブルドア。「わしのせいであれの魂が引き裂かれてはいかん」
　「では私の魂は？　私のはどうなんですか？」
　「この年寄りを苦痛と屈辱に満ちた人生から救ったからといって、魂を切り裂くことにはならない。お前にはそれがわかるはずだ。この大事な願いをお前に頼みたい、セブルス。というのも、わしの死期は近い。チャドリー・キャノンズ（注：クィディッチのチーム）が今シーズンのリーグ戦最下位に終わるのと同じくらい確実に、死

ぬ。たとえば、グレイバック——ヴォルデモートはあれを味方に引き入れたそうじゃな？——がかかわるなんてことがあったら、手間をかけて面倒くさいことをやってわしを殺すじゃろうが、そのくらいならさっさと痛みもなくこの世からおさらばしたい。あるいは、ベラトリックスが出てくるかもしれん。あれは食べ物をさんざんいじってから食べる女だからな」（DH 548）

彼らがおこなっていることは「同意殺人」である。ダンブルドアの「痛み」に注意すれば、これは「安楽死」の問題ときわめて近い。彼は自己の尊厳を保ったまま死にたいのであり、その願望を叶えるためにスネイプに殺人を依頼している。同意殺人は現在のイギリスの法律では犯罪であるから、安楽死も認められてはいない。しかし、安楽死を条件付きで合法化すべきではないかという議論は断続的にあり、多くの治癒の見込みのない末期患者が他国——たいていはスイス——に渡航して安楽死という道を選んでいるのも事実である。キリスト教の考え方では天から授かった命を個人の意志で終わらせることは神の意志に反する大きな罪になる（イギリスでは自殺も犯罪だった）。それでも、安楽死の是非をめぐっては様々な議論があったし、これからもあるだろう。

　自分が受ける苦痛を挙げてはいるものの、この後の議論を読めば、ダンブルドアが世界をヴォルデモートから守るという大義のためにスネイプに自分を殺すよう依頼しているのも事実である。つまり、ここには「安楽死」以外に、「大義（あるいは公共の利益）のために個人の人権は制限されるべきか」という問題もはらんでいる。スネイプは公共の利益のためにダンブルドアを殺そうとしている。これは許されるべきか？　あるいは、逆にこう言ってもよい。ダンブルドアは公共の利益のためにスネイプに本人の意に反する苦役（ダンブルドアを殺すこと）を依頼しているが、これは倫理的に許されるのか？

　この問題は、いわゆる「トロッコ問題」に近い。イギリスの哲学者フィリッパ・フットが提起した倫理学の問題で、制御不能になったトロッコがこのまま前方で作業中の5人を轢き殺そうとしている時にどのような行動

が倫理的に許されるかというものである。一番有名なのは、別路線の分岐点にAさんがいて、別路線にはBさん1人しか作業をしていない。Bさん1人を犠牲に5人の命を救うことは倫理的か、というもの。日本でも2010年にNHKが放送した、アメリカの政治哲学者マイケル・サンデルの『ハーバード白熱教室』で取り上げられたので、聞いたことのある人も多いかもしれない。

このように考えてみると、『ハリー・ポッター』を「語る」にしても、ずいぶんいろんな切り口があることがわかる。本書1～6章のような文化研究だけではなく、『ハリー・ポッター』で倫理を語ることだってできるのだ。もちろん、難しければ最初は日本語でやればいい。

```
It is ethical for Snape to kill Dumbledore.
Arguments for:          Arguments against:
```

たとえばこんなふうに板書し、双方の意見を挙げるように言う

私が挙げたのはあくまでいくつかの例にすぎない。『ハリー・ポッター』のペイパーバックを手にとって3日で挫折したことのある人も、『ハリー・ポッター』をリーディング教材に使って大失敗したことのある先生も、恐れることはない。『ハリー・ポッター』で英語を学ぶ方法はひとつではないし、教える方法もひとつではない。いろいろと試してみればいいと思う。

ハリー・ポッター年表

※『ハリー・ポッター』作品内の出来事はゴシック体で示している。

年	事項
1000頃	**ゴドリック・グリフィンドール、サラザール・スリザリン、ヘルガ・ハッフルパフ、ロウェナ・レイブンクローにより、ホグワーツ魔法魔術学校が創立**
1387	イギリスで最古のパブリック・スクール、ウィンチェスター校が開校
1492	**ニコラス・ド・ミムジー・ホーピントン卿（ほとんど首無しニック）死去**
1760頃	産業革命
1792	ウルストンクラフト『女性の権利の擁護』出版される
1807	イギリスで奴隷貿易禁止
1848	デュマ『椿姫』出版される
1851	オーストラリアでゴールド・ラッシュ
1857	ヒューズ『トム・ブラウンの学校生活』出版される
1857	セポイの乱（〜1858年）
1869	アボリジニ保護法（オーストラリア）
1877	インド帝国となり、ヴィクトリア女王がインド皇帝を兼任
1880	第一次ボーア戦争（〜1881年）
1881	**アルバス・ダンブルドア誕生**
1886	混血条例（オーストラリア）
1892	ノルダウ『退化論』出版される
1892	**アルバス・ダンブルドア、ホグワーツへ入学（11歳）**
1895	ストーカー『ドラキュラ』出版される
1896	プッチーニ『ラ・ボエーム』上演
1898	ファショダ事件
1899	第二次ボーア戦争（〜1902年）
1901	移民法（オーストラリア）
1901	ヴィクトリア女王、没
1904	プッチーニ『蝶々夫人』上演
1908	ロンドン・オリンピック開催
1912	タイタニック号、遭難
1914	第一次世界大戦（〜1918年）
1916	アイルランドでイースター蜂起
1917	婦人運動家エミリー・デイヴィソンがエプソム・ダービーで抗議の自殺
1920	アイルランド統治法、制定（アイルランドが南北に分離）
1920	ロフティング『ドリトル先生』シリーズ（〜1953年、死後出版を含む）
1922	アイルランド内戦へ（〜1923年6月）
1922	カーナヴォン卿の支援でツタンカーメンの墳墓発掘、ミイラ発見
1931	ウェストミンスター憲章
1938	**トム・マールヴォロ・リドル、ホグワーツへ入学（11歳）**

1939	第二次世界大戦（～1945年）
1940	ロンドン大空襲（～1941年）
1948	鉄道・電力・ガス、すべて国有化
1949	アイルランド共和国（南アイルランド）、イギリス連邦から離脱
1949	ボーヴォワール『第二の性』出版される
1950	ルイス『ナルニア国ものがたり』シリーズ（～1956年）
1952	エリザベス2世、即位
1953	トールキン『指輪物語』シリーズ（～1955年）
1954	トリュフォー「フランス映画のある傾向」公表、作家主義を標榜
1955	**アルバス・ダンブルドア、ホグワーツ校長に就任（～1957年）**
1960	徴兵制の廃止
1960	**ジェームズ・ポッター、シリウス・ブラック、リーマス・J・ルーピン、リリー・エバンス、セブルス・スネイプ、ピーター・ペティグリューなど誕生**
1961	フーコー『狂気の歴史』出版される
1962	ビートルズ、初レコード Love Me Do をリリース
1964	ハロルド・ウィルソン（労働党）、首相就任
1967	イギリスで同性愛が犯罪でなくなる（男性同性愛の条件付合法化）。また人工中絶法、可決
1969	死刑廃止の永続化、決定
1969	北アイルランド紛争、深刻化
1971	イギリス通貨が10進法へ
1978	ソンタグ『隠喩としての病』出版される
1979	マーガレット・サッチャー（保守党）、女性初の首相に就任
1979	ギルバートとグーバー『屋根裏の狂女』出版される
1979	**ジェームズとリリー、結婚**
1980	**ハリー・ポッター誕生**
1981	ロンドンで25万人規模の反核デモ
1981	**ジェームズおよびリリー・ポッターがヴォルデモート卿により殺害、シリウス・ブラックがアズカバンへ、ハリー・ポッターはダーズリー家へ預けられる（セブルス・スネイプがダンブルドアの二重スパイとなる）**
1982	フォークランド戦争
1984	炭坑ストライキ（～1985年）
1989	ソンタグ『エイズとその隠喩』出版される
1990	サッチャー首相、辞任表明
1991	**ハリー・ポッター、ロン・ウィーズリー、ハーマイオニー・グレンジャー、ネビル・ロングボトムなど、ホグワーツへ入学**
1991	ダウニング街、パディントン駅、ヴィクトリア駅にて爆破事件。
1992	マーストリヒト条約調印
1992	英国国教会、女性司祭を受け入れ決定
1992	**ハリー・ポッター（1年生）と賢者の石を争い、クィリナス・クィレル（闇の魔術に対する防衛術・教師）死去**
1992	**リドルの日記によって、ジニー・ウィーズリー（1年生）が秘密の部屋**

	を開ける
1993	ウェールズ語公用語化の法案、可決
1993	ハリー・ポッター（2年生）、リドルの日記をバジリスクの牙で破壊
1993	シリウス・ブラック、アズカバンを脱獄
1994	英仏海峡トンネル開通
1994	ハリー、ロン、ハーマイオニー（3年生）、リーマス・ルーピンの秘密、ピーター・ペティグリューの裏切りを知る
1994	フレッドとジョージ・ウィーズリー（5年生）、WWW（ウィーズリー・ウィザード・ウィーズ）を開業
1994	三大魔法学校対抗試合がホグワーツにて開幕
1994	ハーマイオニー・グレンジャー、屋敷しもべ妖精福祉復興協会を設立
1994	ハリー・ポッター、レイブンクロー生（5年生）のチョウ・チャンに初恋
1995	詩人S・ヒーニー（アイルランド）、ノーベル文学賞受賞
1995	ヴォルデモートによりセドリック・ディゴリー殺害。ヴォルデモート、肉体を得る
1995	不死鳥の騎士団、再集結
1995	ドローレス・アンブリッジ、闇の魔術に対する防衛術の教員に就く
1995	ハリー・ポッターら（5年生）、「ダンブルドア軍団（通称：DA)」を創立
1995	フレッドとジョージ・ウィーズリー（6年生）、WWW本格営業へ。同時に退学
1996	チャールズ皇太子、ダイアナ妃の離婚成立
1996	イングランドでサッカー欧州杯、開催
1996	「神秘部の戦い（The Battle of the Department of Mysteries)」においてシリウス・ブラック殺害
1996	アルバス・ダンブルドア校長、マールヴォロ・ゴーントの指輪を破壊
1996	セブルス・スネイプ、闇の魔術に対する防衛術の教師へ。ホラス・スラグホーン、魔法薬学の教師に就く
1996	第一次「ホグワーツの戦い（The Battle of the Hogwarts)」勃発
1996	アルバス・ダンブルドア、セブルス・スネイプにより殺害
1996	ビル・ウィーズリー、フェンリール・グレイバックに噛み付かれて重傷
1997	『ハリー・ポッターと賢者の石』出版される
1997	トニー・ブレア政権成立
1997	ダイアナ元妃、フランスで事故死
1997	ダーズリー家がプリペッド通りの家を後に。ハリー・ポッター、旧ブラック邸へ
1997	ビル・ウィーズリー、フラー・デラクールの結婚式
1997	リーマス・ルーピン、ニンファドーラ・トンクスと結婚
1997	ハリー・ポッター、ロン・ウィーズリー、ハーマイオニー・グレンジャー（7年生）、ヴォルデモートの分霊箱を破壊する旅に出る
1997	セブルス・スネイプ、ホグワーツの校長へ就任
1998	ベルファストにて北アイルランド、和平合意。スコットランド法、制定

1998	ハリー・ポッター、リーマス・ルーピンの息子（テディ・ルーピン）の後見人となる
1998	ハリー・ポッターを助ける際、屋敷しもべ妖精ドビー死去。ピーター・ペティグリュー死去
1998	第二次「ホグワーツの戦い（**The Battle of Hogwarts**）」。フレッド・ウィーズリー、リーマス・ルーピン、ニンファドーラ・トンクス、ベラトリックス・レストレンジ戦死
1998	セブルス・スネイプ、蛇ナギニに致命傷を負わせられ絶命
1998	ネビル・ロングボトム、グリフィンドールの剣でナギニを殺す
1998	ハリー・ポッターとの壮絶な一騎打ちの末、ヴォルデモート消滅
1998	キングスリー・シャックルボルト（闇祓い）が魔法省大臣に指名される
1999	アメリカ合衆国で『ハリー・ポッター』の閲覧を公立学校図書館で制限する動きが起きる
1999	ラグビーのワールド・カップ、ウェールズで開催
1999	ウェールズ議会初選挙
2000	**ハリー・ポッター、ジニー・ウィーズリーと結婚**
2000	**ロン・ウィーズリーとハーマイオニー・グレンジャー、結婚**
2001	映画版『ハリー・ポッターと賢者の石』公開される
2005	チャールズ皇太子、カミラ・パーカー＝ボールズと再婚
2005	ヨーゼフ・ラツィンガー（現ローマ教皇ベネディクト16世）の『ハリー・ポッター』批判発言が明るみになる
2007	ゴードン・ブラウン、首相に
2007	『ハリー・ポッターと死の秘宝』出版され、シリーズが完結
2007	J・K・ローリング、「ダンブルドアはゲイ」と発言
2011	映画版『ハリー・ポッターと死の秘宝』公開され、シリーズが完結
2017	**アルバス・セブルス・ポッター（ハリー・ポッターの次男）、ホグワーツへ入学**

参考文献

Abanes, Richard. *Harry Potter and the Bible: The Menace Behind the Magick.* Camp Hill, PA: Christian Publications, 2001.

Anatol, Giselle Liza. "The Fallen Empire: Exploring Ethic Otherness in the World of Harry Potter." Anatol, *Reading Harry Potter* 163-78.

———, ed. *Reading Harry Potter: Critical Essays.* Westport, CT: Prager, 2003.

———, ed. *Reading Harry Potter Again: New Critical Essays.* Santa Barbara, CA: ABC-Clio, 2009.

Bald, Margaret. *Literature Suppressed on Religious Grounds.* 2nd edn. New York: Facts on File, 2006.

Barrie, J. M. *Peter Pan and Other Plays.* Ed. Peter Hollindale. Oxford: Oxford University Press, 2008.

Beauvoir, Simone de. *The Second Sex.* Tr. Constance Borde and Sheila Malovany-Chevallier. London: Vintage, 2010.

Billone, Amy. "The Boy Who Lived: From Carroll's Alice and Barrie's Peter Pan to Rowling's Harry Potter." *Children's Literature* 32 (2004): 178-202.

Bourdieu, Pierre. *Distinction: A Social Critique of the Judgement of Taste.* 1984. Tr. Richard Nice. London: Routledge, 2010.

———. "The Forms of Capital." *Sociology of Education: A Critical Reader.* Ed. Alain Sodovnik. New York: Routledge, 2007. 241-58.

———. and Jean-Claude Passron. *Reproduction: In Education, Society and Culture.* Tr. Richard Nice. London: Sage, 1977.

Broome, Richard. *Aboriginal Australians: A History since 1788.* 4th edn. London: Allen, 2010.

Butler, Judith. *Gender Trouble: Feminism and the Subversion of Identity.* 1990. London: Routledge, 2010.

Ciaccio, Peter. "Harry Potter and Christian Theology." Heilman 33-46.

Douglas, Mary. *Purity and Danger: An Analysis of Concept of Pollution and Taboo.* 1966. London: Routledge, 2002.

Doyle, Arthur Conan. *The Adventures of Sherlock Holmes.* 1892. Oxford: Oxford Unviersity Press, 2008.

Ducie, Peggy Lin. "The Potterverse and the Pulpits: Beyond Apologia and Bannings." Anatol, *Reading Harry Potter Again* 31-46.

Eco, Umberto. *Turning Back the Clock: Hot Wars and Media Populism.* 2005. Tr. Alastair McEwen. London: Vintage, 2008.

Edmond, Rod. *Leprosy and Empire: A Medical and Cultural History.* Cambridge: Cambridge University Press, 2006.

Fox, Kate. *Watching the English: The Hidden Rules of English Behaviour.* London: Hodder, 2004.

Foucault, Michel. *Histoire de la folie à l'âge classique.* 1961. Paris: Gallimard, 1972.

———. *The History of Sexuality: An Introduction*. Tr. Robert Hurley. London: Lane, 1979.

Foulkes, Paul, and Gerard Docherty, eds. *Urban Voices: Accent Studies in the British Isles*. London: Arnold, 2002.

Friedman, Leslee. "Militant Literacy: Hermione Granger, Rita Skeeter, Dolores Umbridge, and the (Mis)use of Text." Anatol, *Reading Harry Potter Again* 191-205.

Geisinger, Emily. "Why Read Harry Potter?: J. K. Rowling and the Christian Debate." *In the World: Reading and Writing as a Christian*. Eds. John H. Timmerman and Donald R. Hettinga. Grand Rapids, MI: Baker Academic Press, 2004. 324-46.

Gilbert, Sandra, and Susan Gubar. *The Madwoman in the Attic: The Woman Writer and the Nineteenth-Century Literary Imagination*. New Haven, CT: Yale University Press, 2000.

Gilman, Sander L. *Disease and Representation: Images of Illness from Madness to AIDS*. Ithaca, NY: Cornell University Press, 1988.

Heilman, Elizabeth E., ed. *Critical Perspectives on Harry Potter*. London: Routledge, 2009.

———. and Trevor Donaldson. "From Sexist to (sort-of" Feminist Representations of Gender in the Harry Potter Series." Heilman 139-61.

Hughes, Arthur, and Peter Trudgill. *English Accents and Dialects: An Introduction to Social and Regional Varieties of English in the British Isles*. 3rd edn. London: Arnold, 1996.

Hughes, Thomas. *Tom Brown's Schooldays*. 1857. Oxford: Oxford University Press, 1989.

Huggan, Graham. *Australian Literature: Postcolonialism, Racism, Transnationalism*. Oxford: Oxford University Press, 2007.

Hugo, Victor. *Notre-Dame de Paris*. 1831. Tr. Alban Krailsheimer. Oxford: Oxford University Press, 1999.

Jenkins, Jennifer. *The Phonology of English as an International Language*. Oxford: Oxford University Press, 2000.

Lewis, C. S. *The Lion, the Witch and the Wardrobe*. 1954. London: Harper Collins, 2001.

Neal, Connie. *What's a Christian to Do with Harry Potter?* Colorado Springs, CO: Waterbrook Press, 2001.

Roach, Peter. *English Phonetics and Phonology: A Practical Course*. Cambridge: Cambridge University Press, 2000.

Rowling, J. K. *Harry Potter and the Philosopher's Stone*. London: Bloomsbury, 1997.

———. *Harry Potter and the Chamber of Secrets*. London: Bloomsbury, 1998.

———. *Harry Potter and the Prisoner of Azkaban*. London: Bloomsbury, 1999.

———. *Harry Potter and the Goblet of Fire*. London: Bloomsbury, 2000.

———. *Harry Potter and the Order of the Phoenix*. London: Bloomsbury, 2003.

―――. *Harry Potter and the Half-Blood Prince*. London: Bloomsbury, 2005.
―――. *Harry Potter and the Deathly Hallows*. London: Bloomsbury, 2007.
Said, Edward. *Orientalism*. 1978. London: Penguin, 2003.
Sedgwick, Eve Kosofsky. *Between Men: English Literature and Male Homosocial Desire*. New York: Columbia University Press, 1985.
Smith, Karen Manners. "Harry Potter's Schooldays: J. K. Rowling and the British Boarding School Novel." Anatol, *Reading Harry Potter*, 69-87.
Sontag, Susan. *Illness as Metaphor and AIDS and Its Metaphors*. London: Penguin, 2002.
Stephens, Rebecca L. "The Lightning Bolt Scar as a Lightning Rod: J. K. Rowling's Harry Potter Series and the Rhetoric of the Extreme Right." Anatol, *Reading Harry Potter Again* 13-29.
Tolkein, J. R. R. *The Fellowship of the Ring*. 1954. London: Harper Collins, 1991.
Tribunella, Eric. "Refusing the Queer Potential: John Knowles's Separate Peace." *Children's Literature* 30 (2002): 81-95.
Weber, Max. *Economy and Society*. Tr. Ephraim Fischoff, Hans Gerth, A. M. Henderson, Ferdinand Kolegar, C. Wright Mills, Talcott Parsons, Max Rheinstein, Guether Roth, Edward Shils and Claus Wittich. Eds. Guenther Roth and Claus Wittich. Berkeley, CA: University of California Press, 1978.
Windschuttle, Keith. "Foucault as Historian." *Critical Review of International and Social Philosophy* 1.2 (1998): 5-35.
新井潤美『不機嫌なメアリー・ポピンズ』平凡社、2005年。
板倉厳一郎他『映画でわかるイギリス文化入門』松柏社、2008年。
竹内洋『パブリック・スクール』講談社、1993年。
南條竹則『ドリトル先生の英国』文藝春秋、2000年。
『新共同訳聖書』日本聖書協会、1987年。

索引

▼本書で主に扱っているハリー・ポッターの登場人物

ポッター、ハリー　Harry James Potter　ii, iii, iv, 6, 10, 12, 13, 14, 18-19, 23, 26, 27, 34, 35, 37-39, 41, 43, 44-45, 46-47, 48, 49-50, 55, 63-64, 69, 76, 81, 83, 88, 94, 100-01, 104-05, 106, 108, 109, 111, 123, 125, 126, 128-29, 132-33, 134, 137, 141, 143-44, 156-58, 162-64

ウィーズリー、ロン　Ronald Bilius "Ron" Weasley　iii, iv, 10, 18, 23, 34, 38-40, 44, 46, 47, 54, 55, 56, 79, 82, 83, 100-01, 123, 127, 152-54, 158-61

グレンジャー、ハーマイオニー　Hermione Jean Granger　iii, iv, 10, 18, 23, 34, 36-41, 43, 47, 51, 52, 54, 55-56, 79, 81, 83, 88, 123, 127, 141, 152, 154, 158-59, 161

ダンブルドア、アルバス　Albus Percival Wulfric Brian Dumbledore　9, 12, 13-14, 18-19, 23, 24, 26-28, 29, 35, 40, 41, 42, 46, 49, 51, 63, 70, 71, 104, 108, 111, 116, 156, 164-65

スネイプ、セブルス　Severus Snape　35, 37, 48, 108, 128-34, 136-37, 144, 162, 164-65

クィレル、クィリナス　Quirinus Quirrell　37, 38, 107-08, 113

ヴォルデモート卿　Lord Voldemort（本名Tom Marvolo Riddle）　12, 13, 14, 16, 18-19, 22-23, 27, 32, 35, 37, 40, 49, 57, 62-63, 65-67, 70, 72-73, 81, 83, 85, 104-08, 111, 113, 119, 123, 128, 133, 156, 165

ゴーント、マールヴォロ　Marvolo Gaunt　63-64, 71

ゴーント、メローピー　Merope Gaunt　63-64, 70-73

ブラック、シリウス　Sirius Black　35, 47, 48, 49-51, 81, 88, 91, 124, 129-32, 141-42

ルーピン、リーマス・J　Remus John Lupin　47, 48, 49, 76-95, 142, 143, 162

▼事項

●ア行

アイデンティティ　94, 109

イギリス的　ii-iii, 55, 56, 72, 79, 104, 110

イスラム教　4, 112-13

イルミナティ　20

ヴィクトリア朝　iii, 72, 92, 94, 101

英語　116, 147-66

エスニック・マイノリティ　99, 115
エドワード朝　92, 94
オカルト　6, 14, 20
オリエンタリズム　102-03

●カ行

階級　iii, 54-73, 157
  アッパークラス　57, 59-61, 63-65, 67, 69-72
  ミドルクラス　ii, 56, 59, 104, 128, 161
   ●アッパー・ミドルクラス　54-55, 59, 64, 65, 72
   ●ロウワー・ミドルクラス　iii, 54, 59, 72
  ワーキングクラス　56, 59, 60, 67, 157
階級意識（階級コンプレックス）　62, 104
家父長制　29, 36
キリスト教　2-24, 26, 68, 69, 76, 84, 92, 112-13, 118, 142, 165
旧約聖書　4, 7, 9, 15, 21, 89, 105
クィア理論　51
健康信仰　78, 92-95
賢者の石　11-16, 19-20, 37, 152
古代ローマ　79
古典主義時代　77, 91

●サ行

作家主義　138-39
作家の署名　138-39
差別語　51, 133
児童文学　3, 26, 27, 32, 38, 56, 85, 119
自民族優位主義　67, 104
社会ダーウィニズム　92
宗教　2-24, 67, 73, 99, 112
終末論　17
純血至上主義　65, 67, 70
植民地主義　98-100, 103, 108, 115, 119
信仰　5, 7, 17, 46, 84, 112-13
人種差別　111, 114, 115, 117, 118
新約聖書　5, 7, 15, 17, 21-22
神秘主義　13, 143

索引　175

ステレオタイプ　ii, 32-34, 68, 105
政治的な正しさ　30-31, 69
聖書解釈　5, 8, 11, 47
西洋文化　26, 143

● タ行
退化　90-94
多文化主義　99, 103, 108-18
男性中心主義　29, 38
帝国　98-99, 101, 104, 118
帝国主義　92-94, 98-101, 103-05, 108, 111, 115
ディズニー映画　128
同化　69-70, 99, 114, 118
トーキー　141

● ナ行
ヌーヴェル・ヴァーグ　139
ネオプラトニズム　11
盗まれた世代　117

● ハ行
白人至上主義　104, 117
パブリック・スクール　42-44, 47, 92, 94
ハリー・ポッターを支持するマグルの会　2
パールシー　107
反キリスト教　2-4, 6-9, 11, 13, 16, 19, 26, 92, 105, 113
反ユダヤ主義　70, 93
BBC　iii, 26
ヒンドゥー教　93-94, 107
ファンタジー　17, 57, 94, 119
フェミニズム　iv, 29-30
フリーメイソン　20, 58
文化資本　60-62
ヘルメス主義　11
ホモソーシャル　46-52

●マ行
「魔法」　4, 7, 9, 16-17, 19-20, 89, 92
無声映画　141

●ヤ行
優生学　92, 118
ユダヤ教　4, 112-13

●ラ行
錬金術　9, 11-13
労働組合　56, 58

▼人名・作品名・書名

●ア行
アナトール、ジゼル・ライザ　Giselle Liza Anatol　100-01, 107
アベラール　Pierre Abélard　15
新井潤美　54-55
　『不機嫌なメアリー・ポピンズ』　54-55
『イギリス人ウォッチング』 Watching the English: The Hidden Rules of English Behaviour　61
ウェーバー、マックス　Max Weber (1864-1920)　57-58
　『経済と社会』 Economy and Society: An Outline of Interpretive Sociology　57-58
ウルストンクラフト、メアリ　Mary Wollstonecraft (1759-1797)　29
　『女性の権利の擁護』 A Vindication of the Rights of Woman: With Strictures on Political and Moral Subjects　29
エーコ、ウンベルト　Umberto Eco (1932-)　7-9, 12
　『エビの歩み――熱い戦争からメディア・ポピュリズムまで』 Turning Back the Clock: Hot Wars and Media Populism　7
　『薔薇の名前』 The Name of the Rose　7
　『フーコーの振り子』 Foucault's Pendulum　12
エドモンド、ロッド　Rod Edmond　93
　『ハンセン病と帝国』 Leprosy and Empire: A Medical and Cultural History　93
『エバー・アフター』（映画）Ever After　31
エリオット、ジョージ　George Eliot (1819-80)　72
　『ミドルマーチ』 Middlemarch　72

●カ行

カーター、アンジェラ　Angela Carter (1940-92)　31
　『血染めの部屋』The Bloody Chamber and Other Stories　31
『カンタベリー物語』The Canterbury Tales　68
ガンボン、マイケル　Sir Michael Gambon (1940-)　26
キプリング、ラドヤード　Joseph Rudyard Kipling (1865-1936)　93
　「獣のしるし」"The Mark of the Beast"　93-94
　『ジャングル・ブック』The Jungle Book　93
ギルバート、サンドラ　Sandra M. Gilbert (1936-)　31, 36
　『屋根裏の狂女』The Madwoman in the Attic　31, 36
グーバー、スーザン　Susan Gubar (1944-)　31, 36
　『屋根裏の狂女』⇒上掲
グリージンガー、エミリー　Emily Griesinger　16-17
ゴダール、ジャン＝リュック　Jean-Luc Godard (1930-)　139
ゴルトン、フランシス　Sir Francis Galton (1822-1911)　92

●サ行

サイード、エドワード　Edward Wadie Said (1935-2003)　102-03
サッチャー、マーガレット　Margaret Hilda Thatcher (1925-)　56
『ジェニングズ』The Classic Magic of Larry Jennings, Larry Jennings: The Cardwright, Larry Jennings on Card and Coin Handling, Larry Jennings' Neo Classics　32
シェイクスピア、ウィリアム　William Shakespeare (1564-1616)　50-51
　『ヴェニスの商人』The Merchant of Venice　68-69
シェリダン　Richard Brinsley Sheridan　72
　『恋がたき』The Rivals　72
ジュネ、ジャン＝ピエール　Jean-Pierre Jeunet (1953-)　139
ショー、バーナード　George Bernard Shaw (1856-1950)　61
　『ピグマリオン』Pygmalion　61
『スネイプ論争』The Great Snape Debate : The Case for Snape's Guilt　164
セジウィック、イヴ　Eve Kosofsky Sedgwick (1950-2009)　47-48, 50-51
　『男同士の絆——イギリス文学とホモソーシャルな欲望』Between Men: English Literature and Male Homosocial Desire　47-48, 50-51
ソウパー、ケイト　Kate Soper　33
　『自然とは何か？』What is Nature: Culture, Politics and the Non-Human　33
ソンタグ、スーザン　Susan Sontag (1933-2004)　76-77, 86-87

『隠喩としての病』／『エイズとその隠喩』 *Illness as Metaphor and AIDS and its Metaphors* 76-78

●タ行
竹内洋 62
  『パブリック・スクール』 62
『椿姫』 *La Traviata* 76
ディケンズ、チャールズ Charles John Huffam Dickens (1812-70) 48
  『オリヴァー・トゥイスト』 *Oliver Twist* 68-69
  『デイヴィッド・コパーフィールド』 *David Copperfield* 48
ドブソン、ジェームズ James Clayton Dobson (1936-) 19
『トム・ブラウンの学校生活』 *Tom Brown's Schooldays* 42-46
『ドラキュラ』 *Dracula* 101
トリュフォー、フランソワ François Roland Truffaut (1932-84) 138-39
『トワイライト』シリーズ *The Twilight Saga* 84-85

●ナ行
南條竹則 114
  『ドリトル先生の英国』 114
ニュートン、アイザック Sir Isaac Newton (1642-1727) 11
ノルダウ、マックス Max Simon Nordau (1849-1923) 93
  『退化論』 *Die Entartung* 93

●ハ行
バカン、ジョン John Buchan (1875-1940) 104
  『39階段』 *The Thirty-Nine Steps* 104
バトラー、ジュディス Judith P. Butler (1956-) 30
バートン、ティム Tim Burton (1958-) 139
パラケルスス Paracelsus (1493?-1541) 11
『ハリー・ポッター──善か悪か？』 *Harry Potter: Gut oder Böse* 3
『ハリー・ポッターとアゼルバイジャンの秘密のおまる』（テレビ番組）"Harry Potter and the Secret Chamberpot of Azerbaijan" iii
『ハリー・ポッターと聖書』 *Harry Potter and the Bible: The Menace Behind the Magick* 6
『ハリー・ポッター批評論文集』 *Critical Perspectives on Harry Potter* 20, 32, 113
『ハリー・ポッターを読み直す』 *Reading Harry Potter Again* 36, 113
『ハリー・ポッターを読む』 *Reading Harry Potter: Critical Essays* 113

ヒトラー、アドルフ　Adolf Hitler (1889-1945)　70
フォースター、E・M　Edward Morgan Forster (1879-1970)　72
　『ハワーズ・エンド』*Howards End*　72
フーコー、ミシェル　Michel Foucault (1926-84)　76-77, 89-91
　『狂気の歴史』*L'Histoire de la folie à l'âge classique*　76-77, 89-91
プッチーニ　Giacomo Antonio Domenico Michele Secondo Maria Puccini　76
　『蝶々夫人』*Madame Butterfly*　109
　『ラ・ボエーム』*La Bohème*　76
ブライトン、イーニッド　Enid Blyton　32, 54, 109
ブラウン、ダン　Dan Brown (1964-)　12
　『ダヴィンチ・コード』*The Da Vinci Code*　12
フラメル、ニコラ　Nicolas Flamel (1330-1418)　12-14
『フランス軍中尉の女』*The French Lieutenant's Woman*　72
フリードマン、レスリー　Leslie Friedman　36, 38
プリニウス　Gaius Plinius Secundus　79, 106
　『博物誌』*Naturalis Historia*　79, 106
ブルデュー、ピエール　Pierre Bourdieu (1930-2002)　60-62
ブレイク、ウィリアム　William Blake (1757-1827)　89
　「ネブカドネザル」（版画）"Nebuchadnezzar"　89
ベッカム、デイヴィッド　David Robert Joseph Beckham OBE (1975-)　57
『ボーイズ・オウン・ペイパー』*Boy's Own Paper*　101
ボーヴォワール、シモーヌ・ド　Simone de Beauvoir (1908-86)　29-30
　『第二の性』*The Second Sex*　29-30

● マ行

『マイ・フェア・レディ』（映画）*My Fair Lady*　61
マキューアン、イアン　Ian McEwan (1948-)　72
　『贖罪』*Atonement*　72
『マルタのユダヤ人』*The Jew of Malta*　68
『ミス・サイゴン』*Miss Saigon*　109
ミレット、ケイト　Kate Millett (1934-)　31
　『性の政治学』*Sexual Politics*　31

● ヤ行

ユゴー、ヴィクトル　Victor-Marie Hugo (1802-85)　12-13
　『ノートルダム・ド・パリ』*Notre-Dame de Paris*　12-13
『指輪物語』*The Lord of the Rings*　6, 14-17, 66, 113-14, 119

第2部『二つの塔』*The Two Towers* 119

● **ラ行**

ラドクリフ、ダニエル　Daniel Jacob Radcliffe (1989-)　153
ランボー、アルチュール　Arthur Rimbaud (1854-91)　77
リチャードソン、ミランダ　Miranda Richardson (1958-)　iv
ルイス、C・S　C. S. Lewis (1898-1963)　16-19
　『ナルニア国ものがたり』*The Chronicles of Narnia*　v, 6, 16-18
　　第1部『ライオンと魔女』*The Lion, the Witch and the Wardrobe*　17-18
『レント』*RENT*　87
『ロード・オブ・ザ・リング』（映画）*The Lord of the Rings*　14-15
ローマ教皇ベネディクト16世　Benedict XVI (1927-)（本名ヨーゼフ・ラツィンガー　Joseph Alois Ratzinger）　3
ローリング、J・K　J. K. Rowling (1965-)　7, 19, 20, 26, 32, 87, 91, 94, 111, 112, 114, 164
　第1巻『ハリー・ポッターと賢者の石』*Harry Potter and the Philosopher's Stone*　ii, 2, 13-14, 18, 34, 37-38, 42-43, 45, 100-01, 106, 108
　　【映画『ハリー・ポッターと賢者の石』*Harry Potter and the Philosopher's Stone*　152】
　第2巻『ハリー・ポッターと秘密の部屋』*Harry Potter and the Chamber of Secrets*　65, 67-68, 106, 128, 154
　第3巻『ハリー・ポッターとアズカバンの囚人』*Harry Potter and the Prisoner of Azkaban*　10, 26, 34, 49-50, 79, 81-82, 88, 122-23, 127, 160, 162
　　【映画『ハリー・ポッターとアズカバンの囚人』*Harry Potter and the Prisoner of Azkaban*　138, 140, 144】
　第4巻『ハリー・ポッターと炎のゴブレット』*Harry Potter and the Goblet of Fire*　iii, 32, 35, 54-56, 65, 102, 106-07, 109-10, 158
　第5巻『ハリー・ポッターと不死鳥の騎士団』*Harry Potter and the Order of the Phoenix*　33-35, 38-41, 48-49, 79, 109-11, 116-17, 127-32, 137, 156, 160
　　【映画『ハリー・ポッターと不死鳥の騎士団』*Harry Potter and the Order of the Phoenix*　49】
　第6巻『ハリー・ポッターと謎のプリンス』*Harry Potter and the Half-Blood Prince*　10, 18-19, 22, 63-66, 70-72, 85-86, 91
　　【映画『ハリー・ポッターと謎のプリンス』*Harry Potter and the Half-Blood Prince*　143】
　第7巻『ハリー・ポッターと死の秘宝』*Harry Potter and the Deathly Hallows*

9-10, 14, 19, 22-24, 27-28, 35, 83, 94, 111, 133, 144, 165
【映画『ハリー・ポッターと死の秘宝 Part 2』 *Harry Potter and the Deathly Hallows: Part II*　137】

●**ワ行**
ワトソン、エマ　Emma Charlotte Duerre Watson (1990-)　iii-iv, 159

あとがき

　本書のご「卒業」、おめでとうございます。

　みなさんは『ハリー・ポッター』を通じてイギリス文化について学んだだろうし、大学で学ぶ文化研究や文学研究がどんなものか少し理解できたのではないかと思う。特に後者は本書の特徴でもあるので、「『ハリー・ポッター』とジェンダーの授業ってこんなふうに結びつけられるんだ」などと感じてもらえれば、これほど嬉しいことはない。本書を読み終え、さらに『ハリー・ポッター』について知りたいと思うかもしれないし、文化研究や文学研究をもっと深く学びたいと思うかもしれない。

　『ハリー・ポッター』についてもっと知りたいという読者には、まずは（映画だけでなく）原作を読んでもらいたい。さらに学んでみたいという場合には、本書でもよく参照した以下の3冊が特にお薦めである（残念ながら現時点では未邦訳）。特に2009年に出た2冊は新しい批評理論の枠組みなどが使われていてちょっと難しい論文もあるが、内容的にはとても刺激的である。

- ■ジゼル・ライザ・アナトール（編）『ハリー・ポッターを読む』（2003年）（Anatol, Giselle Liza, ed. *Reading Harry Potter: Critical Essays*. Westport, CT: Prager, 2003.）
- ■ジゼル・ライザ・アナトール（編）『ハリー・ポッターを読み直す』（2009年）（Anatol, Giselle Liza, ed. *Reading Harry Potter Again: New Critical Essays*. Santa Barbara, CA: ABC-Clio, 2009.）
- ■エリザベス・E・ハイルマン（編）『ハリー・ポッター批評論文集』（2009年）（Heilman, Elizabeth E., ed. *Critical Perspectives on Harry Potter*. London: Routledge, 2009.）

どれも論文集なので、大学のレポートや卒業論文などを書くのであれば参考にするとよいだろう。大学図書館には相互利用システムがあるので、自分の大学の図書館になくても現物を取り寄せたり、コピーを買ったりす

ることができる。

　文化研究や文学研究についてもっと学んでみたいと思ったら、まずは本書で触れた著作を読んでいただきたいと思う。たとえば聖書について知ると、欧米文化の理解には大いに役立つ。病気と文学表現や社会との関係が気になったら、ソンタグの『隠喩としての病』を手にしてみるといいだろう。女性と文学について考えてみたいと思ったら、ギルバートとグーバーの『屋根裏の狂女』は避けて通れないだろうし、植民地主義について興味を持ったら、まずはサイードの『オリエンタリズム』に触れてみるべきだろう。特に『屋根裏の狂女』や『オリエンタリズム』といった著作は決して簡単なものではないが、本書でも少し紹介しているので参考にしながら読み進めてほしい。

　もちろん、トピックによっては新書版などでわかりやすい概説書が出ているものもある。イギリスの階級については非常に多くの書籍が出ているが、新井潤美氏の『不機嫌なメアリー・ポピンズ』（平凡社新書、2005年）が入門にはよいだろう。やや古くはなったが竹内洋『パブリック・スクール』（講談社現代新書、1993年）も、後半でブルデューの階級論を用いてイギリスの階級文化を平易に紹介しているのでお薦めである。

　よく欧米のスポーツ選手がメダルを獲った時に自分を褒め称えるのに対し、日本人選手が「コーチや支えてくれたファンのおかげ」と言うのを目にする。この「謙遜する日本人」を演じるわけではないのだが、本書はまさに「支えてくれた人々のおかげ」で出来たものである。

　本書の母体となったのは授業である。「一方通行」式の授業が嫌いな私は、講義でもあえて学生との対話を大事にしているので、学生の反応がかなりの比重を占めている。とりわけ本書を構想するきっかけとなった2010年度の中京大学の授業（メディア英語と文化基礎）で、優秀な発表をしてくれた学生に関しては、本人の了承のもと実名で登場してもらっている。石澤みなみさん、加藤彬裕君、志賀奈月美さん、林賢蔵君（五十音順）には特に感謝している。大学院生である志賀さんには登場人物紹介と年表作成もお願いした。また、発表会の写真を撮ってくれた柴田真由さんにも感謝している。全員の名前を挙げるわけにはいかないが、ここで触れていない学

生も、授業や研究室に勉強に来てくれた際にいろいろなヒントをくれた。こういった学生がいなければ、そもそも本書は生まれていなかった。みんなありがとう。そして、今後の活躍を期待しています！

　刈谷北高等学校（愛知県）および可児高等学校（岐阜県）での模擬講義も──大学の講義を紹介するのだから当然ほぼ同じ内容になるとはいえ──同一のテーマでおこなったことを付記しておく。刈谷北では本書の第7章、可児では第1章の内容にあたる授業をした。高校生のみなさんの新鮮な反応も刺激になった。学習意欲のある高校生にも、ぜひ本書を読んでほしいと思う。

　また、学生だけでなく周囲の人々にもお世話になった。同僚のニーナ・ペトリシェヴァ氏には発表会に加わってもらうなど、様々なかたちでご協力いただいた。煩雑になるのですべての人名を挙げることは避けるが、専門は違っても話を聞いてくれ、時に助言をくれた多くの同僚がいなければ本書はこのようなかたちにならなかった。授業の課外時間に発表会を開いたりする際には、中京大学の事務のみなさんにもお世話になった。ありがとうございます。

　本書の出版に際しては、松柏社の森有紀子氏にはお世話になった。原稿が予想以上に遅れただけでなく、今回は手作り感を出すために──そして価格帯を下げるために──イラストと手作りの図表を使用したいと申し出ながら、最後までイラストが遅れてご迷惑をおかけした。『映画でわかるイギリス文化入門』に続いてお世話になったが、今回はそういった事情で用語統一や索引作成など、こちらでやらなければいけないこともずいぶんしていただいた。深く感謝しています。

　では、また会う日まで！

著者

2012年2月吉日

■ 著者紹介

板倉厳一郎　いたくら・げんいちろう

1971年、京都生まれ。京都大学大学院博士課程修了、博士（文学）。関西大学文学部教授。専門はイギリス現代小説、イギリス文化研究。著書に『魔術師の遍歴——ジョン・ファウルズを読む』（松柏社、2005年）、『映画でわかるイギリス文化入門』（共著、松柏社、2008年）、訳書にサミュエル・R・ディレイニー『ベータ2のバラッド』（共訳、国書刊行会、2006年）など。

大学で読むハリー・ポッター

2012年4月30日　初版第1刷発行
2022年3月15日　初版第3刷発行

著　者　板倉厳一郎

発行者　森　信久
発行所　株式会社　松柏社
　　　　〒102-0072　東京都千代田区飯田橋1-6-1
　　　　電話03（3230）4813
　　　　電送03（3230）4857
　　　　http://www.shohakusha.com/

印　刷　中央精版印刷株式会社
装　幀　小島トシノブ（NON design）

Copyright © 2012 by Gen'ichiro Itakura
ISBN978-4-7754-0179-8
Printed in Japan

定価はカバーに表示してあります。
落丁・乱丁本は送料小社負担にてお取り替えいたしますので、ご返送ください。
本書の無断複写（コピー）は著作権法上での例外を除き禁じられています。